www.ingramcontent.com/pod-product-compliance
Lightning Source LLC
LaVergne TN
LVHW010829051026
849532LV00007B/2651
* 9 7 8 9 3 6 9 0 8 0 0 8 3 *

مسافر کہانیاں

(بچوں کی کہانیاں)

مرتبہ:

سید حیدرآبادی

Musafir Kahaniyan (Short Stories)

by: Syed Hyderabadi

Edition: December '2025

Publisher :

Taemeer Publications LLC (Michigan, USA / Hyderabad, India)

ISBN 978-93-6908-008-3

کتاب	:	**مسافر کہانیاں**
مرتب	:	**سید حیدرآبادی**
بہ تعاون	:	روشنائی ڈاٹ کام ویب سائٹ
صنف	:	ادب اطفال
ناشر	:	تعمیر پبلی کیشنز (حیدرآباد، انڈیا)
سالِ اشاعت	:	۲۰۲۵ء
صفحات	:	۱۰۸
سرورق ڈیزائن	:	تعمیر ویب ڈیزائن

فہرست

پیش لفظ

ادب اطفال کی دنیا میں سفر، مہم جوئی اور معلوماتی کہانیوں کی اپنی ایک منفرد اور غیر معمولی اہمیت ہے۔ یہ کہانیاں بچوں کی متجسس اور تخیلاتی دنیا کو وسعت بخشتی ہیں، انہیں نئے افق دکھاتی ہیں اور دنیا کے گہرے رازوں سے روشناس کراتی ہیں۔ بچوں کے لیے لکھی گئی ایسی کہانیاں محض تفریح کا ذریعہ نہیں ہوتیں بلکہ تعلیم و تربیت کا ایک بہترین پلیٹ فارم فراہم کرتی ہیں۔ سفر کی کہانیاں انہیں جغرافیہ، تاریخ، اور مختلف تہذیبوں کے بارے میں عملی معلومات فراہم کرتی ہیں، جبکہ مہم جوئی کے قصے انہیں ہمت، استقامت، اور مسائل کو حل کرنے کے ہنر سکھاتے ہیں۔ یہ کہانیاں بچوں کے اندر تجسس اور علم کی پیاس پیدا کرتی ہیں، انہیں یہ سمجھاتی ہیں کہ زندگی صرف ان کے فوری ماحول تک محدود نہیں بلکہ اس سے کہیں زیادہ وسیع اور متنوع ہے۔ ایک بچے کے لیے، کسی انجانی جگہ کا ذکر، یا کسی بہادر کردار کی مہم، یا کسی نئی چیز کے بارے میں سنسنی خیز معلومات کا حصول، اس کی سوچ کے دھارے کو بدل سکتا ہے اور اسے دنیا کو ایک نئے زاویے سے دیکھنے پر مجبور کر سکتا ہے۔ ایسی کہانیاں انہیں اخلاقی اقدار، سماجی رویوں اور مشکل حالات میں درست فیصلہ کرنے کی بصیرت بھی عطا کرتی ہیں۔ یہ پڑھنے کی عادت کو پروان چڑھاتی ہیں، ذخیرہ الفاظ میں اضافہ کرتی ہیں اور انہیں ایسے رول ماڈلز سے متعارف کراتی ہیں جو نیکی، بہادری اور وطن پرستی کے علمبردار ہوتے ہیں۔ اس طرح کی کہانیاں بچوں کی

شخصیت کی تعمیر میں کلیدی کردار ادا کرتی ہیں، انہیں نہ صرف معلومات فراہم کرتی ہیں بلکہ انہیں ایک بہتر انسان بننے کی ترغیب بھی دیتی ہیں۔ یہ انہیں اپنے آس پاس کے ماحول سے بالاتر ہو کر عالمی شہری بننے کی بنیاد فراہم کرتی ہیں، اور انہیں یہ سکھاتی ہیں کہ ہر سفر صرف جسمانی نہیں بلکہ فکری اور روحانی بھی ہو سکتا ہے۔

زیر نظر مجموعہ "مسافر کہانیاں" نو ایسی دلچسپ اور معلوماتی کہانیوں کا حسین امتزاج ہے جو بچوں کی ذہنی نشوونما اور اخلاقی تربیت کا سامان کرتی ہیں۔

اس مجموعے کا آغاز کلیم چغتائی کی کہانی "سفر کے آداب" سے ہوتا ہے، جہاں دو بچے سعید اور منیر سفر کے دوران اسلامی آداب و سنتوں سے روشناس ہوتے ہیں اور ایک بزرگ مسافر کی رہنمائی میں ہم سفری کے اہم اصول سیکھتے ہیں۔ طالب ہاشمی کی "ایک تاریخی عجیب سفرنامہ" میں حضرت عمر فاروق رضی اللہ عنہ کے قبول اسلام سے پہلے کے ایک تجارتی سفر کا ذکر ہے، جہاں انہیں اپنے مستقبل کے بارے میں بشارت ملتی ہے اور ان کے کردار کی عظمت اجاگر ہوتی ہے۔ فریال یاور کی "روشنی کا سفر" امام حسن البنا شہید کی ابتدائی زندگی پر مبنی ہے، جو بچپن سے ہی نیکی، اخلاق اور دینی شعور کے فروغ کے لیے کوشاں رہتے ہیں اور معاشرے میں مثبت تبدیلی لانے کی راہ ہموار کرتے ہیں۔ ڈاکٹر صفیہ سلطانہ صدیقی کی کہانی "نیکی کا سفر" مسعود نامی ایک بچے کی کہانی ہے جو نیکی کے کاموں میں ہمیشہ پیش پیش رہتا ہے اور اس کی یہ نیکی برسوں بعد کس طرح اس کی جان بچانے کا سبب بنتی ہے، یہ سبق آموز حقیقت بیان کرتی ہے۔

اینیڈ بلائٹن کی مترجمہ کہانی "برائی کا سفر" گل رعنا کے قلم سے، یہ واضح کرتی ہے کہ ایک چھوٹی سی غلطی کس طرح برائیوں کے ایک طویل سلسلے کو جنم دے سکتی ہے اور

آخر کار خود اس شخص کو نقصان پہنچاتی ہے جس نے اس کا آغاز کیا تھا۔ احمد عدنان طارق کی "تبدیلی کا سفر" سیمی نامی ایک بونے کی کہانی ہے جو اپنے قیمتی خرگوش کو ایک مرغی، پھر چوہے، بانسری اور سوئی کے عوض بدلتا چلا جاتا ہے، اور اس عمل سے سیکھتا ہے کہ قیمتی چیزوں کو بے فیض اشیاء سے بدلنے کا انجام کیا ہوتا ہے۔ عبداللہ الکبیر کی مترجمہ کہانی "پراسرار ہم سفر" محمد فیصل علی کے قلم سے، امین نامی نوجوان کی داستان ہے جو نیکی کے صلے میں ایک پراسرار ہم سفر اعظم کی مدد سے برائی پر فتح حاصل کرتا ہے اور اپنے والد کے خواب کی تعبیر پاتا ہے۔ امجد اسلام امجد کی سنسنی خیز کہانی "انجانی مہم" تین دوستوں کی بہادری اور وطن پرستی کی عکاسی کرتی ہے، جو ایک بین الاقوامی گروہ کی سازشوں کو بے نقاب کرتے ہیں اور اپنی جان پر کھیل کر وطن کو دشمنوں سے بچاتے ہیں۔ آخر میں، سیما صدیقی کا سفر نامہ "ملائیشیا میں سیر سپاٹے" قارئین کو ملائیشیا کی خوبصورتی، وہاں کی ثقافت، سیاحتی مقامات اور ایک مسلم ملک میں عید منانے کے تجربات سے روشناس کراتا ہے، جس میں مقامی لوگوں کے اخلاق اور شہری سہولیات کی عمدہ تصویر کشی کی گئی ہے۔

یہ تمام کہانیاں نہ صرف بچوں کے لیے پرکشش مواد فراہم کرتی ہیں بلکہ انہیں اخلاقیات، دیانت داری، ہمدردی اور وطن سے محبت جیسے اوصاف سے بھی آراستہ کرتی ہیں۔

ا

سفر کے آداب

کلیم چغتائی

سعید اور منیر کے اسکولوں میں سردیوں کی چھٹیاں ہو چکی تھیں۔ دونوں بچوں کا دل چاہ رہا تھا کہ وہ ان چھٹیوں میں کہیں گھومنے جائیں۔ سعید اپنی امی سے ضد کر رہا تھا کہ اسے اور منیر کو ارشاد کے پاس جانے کی اجازت دے دی جائے۔ ارشاد، سعید کا گہرا دوست تھا۔ پہلے گاؤں میں انہی کے اسکول میں پڑھا کرتا تھا، پھر اس کے والد کا تبادلہ شہر کر دیا گیا تو اسے بھی شہر جانا پڑا۔ گزشتہ دو ہفتوں میں اس کے دو فون اور تین خط آچکے تھے اور ہر بار یہی فرمائش ہوتی تھی کہ چھٹیوں میں شہر آکر ہمارے پاس رہو۔

سعید کی امی کا خیال تھا کہ دونوں بچے ابھی چھوٹے ہیں۔ جب تک کوئی بڑا ساتھ نہ ہو، انھیں شہر تک کا سفر نہیں کرنا چاہیے، لیکن سعید بار بار اپنے پنجوں کے بل کھڑے ہو کر اور سینہ تان کر امی سے کہتا:

"امی دیکھیے، میں کتنا بڑا ہو گیا ہوں۔"

سعید اور منیر کی امی نے بچوں کے بابا سے تذکرہ کیا۔ بابا اچھے موڈ میں تھے۔

انھوں نے بچوں کو شہر جانے کی اجازت دے دی۔ یوں بھی ان کا خیال تھا کہ اس طرح بچوں میں اعتماد پیدا ہو گا۔

بچے، اجازت ملتے ہی خوشی خوشی تیاریاں کرنے لگے۔ دونوں نے، اپنا اپنا بیگ ضروری سامان سے بھر لیا۔ سعید کا تو جی چاہ رہا تھا کہ وہ اگلے ہی دن روانہ ہو جائے، مگر بابا نے کہا کہ پیارے نبی صلی اللہ علیہ وسلم خود سفر پر جاتے یا کسی کو روانہ فرماتے تو عام طور پر جمعرات کا دن منتخب فرماتے تھے، اس لیے بچے، جمعرات کو روانہ ہوں تو سنت پر عمل کا ثواب بھی ملے گا اور ان شاء اللہ سفر میں برکت بھی ہو گی۔ اگلے دن منگل تھا۔ بچوں کو مزید دو دن انتظار کرنا تھا۔

جمعرات کو دونوں بھائی صبح سویرے اُٹھے۔ نماز فجر ادا کر کے، ہلکی ورزش کی، پھر ناشتا کیا۔ لباس بدلا، جوتے پہنے اور اپنے اپنے بیگ سنبھال کر امی کو اللہ حافظ کہہ کر باہر نکل آئے۔ امی نے دعاؤں کے ساتھ رخصت کیا۔ بابا دونوں بچوں کو بسوں کے اڈے تک چھوڑنے کے لیے جا رہے تھے۔

گھر سے نکلتے ہوئے دونوں بچوں اور بابا نے گھر سے نکلنے کی دعا پڑھی۔ جلد ہی انھیں ایک تانگا مل گیا۔ اس پر بیٹھ کر وہ لاری اڈے پہنچے۔ شہر جانے والی بس تیار کھڑی تھی۔ اس کا انجن غرا رہا تھا۔ بابا نے دو ٹکٹ خریدے۔ دونوں بچوں کو بس میں مناسب جگہ بٹھایا۔ کنڈکٹر کو بچوں کا خیال رکھنے کی تاکید کی اور بچوں کو پیار کر کے یہ کہتے ہوئے اتر گئے:

"بیٹا رب راکھا، شہر پہنچتے ہی فون کر دینا۔"

چند لمحوں بعد بس روانہ ہو گئی۔ دونوں بچوں نے سواری پر بیٹھنے کی قرآنی دعا

پڑھ لی تھی۔ دونوں بچوں کے ساتھ والی نشست پر ایک بزرگ بیٹھے ہوئے تھے۔ وہ کچھ دیر تو بچوں کی باتیں سنتے رہے۔ پھر بزرگ نے خود ہی بچوں کو سلام کیا۔ بچے شرمندہ ہو کر بولے: "السلام علیکم!" بزرگ نے سوال پوچھنا شروع کر دیے، کیا نام ہے، کہاں رہتے ہیں، کہاں پڑھتے ہیں، کہاں جا رہے ہیں۔ بچوں نے ادب سے جواب دیے۔

بزرگ بولے: "بچو، یہ بہت اچھا ہے کہ تم دونوں ساتھ سفر کر رہے ہو۔ اگر کوئی مجبوری نہ ہو تو سفر اکیلے نہیں کرنا چاہیے۔ پیارے نبی صلی اللہ علیہ وسلم نے فرمایا ہے کہ اگر لوگوں کو تنہا سفر کرنے کی وہ خرابیاں معلوم ہو جائیں، جو میں جانتا ہوں تو کوئی سوار کبھی تنہا سفر نہ کرے۔"

"ہم تو اکیلے نہیں ہیں۔" منیر نے معصومیت سے کہا۔

"ہاں، مگر پیارے نبیؐ نے تین افراد کو مل کر سفر کرنے کی ترغیب دی ہے۔ خواتین کو تو کسی محرم کے ساتھ ہی سفر کرنا چاہیے۔ آپ نے عورت کے لیے تین دن سے زیادہ کا سفر اکیلے کرنے سے منع فرمایا ہے۔" بزرگ نے بتایا۔

"محرم کون ہوتا ہے چچا جی؟" منیر نے پوچھا۔

"بیٹے! محرم، بہت قریبی رشتہ دار ہوتے ہیں، جن سے شادی جائز نہ ہو مثلاً: ماں بیٹا، بھائی بہن، باپ بیٹی، یا پھر میاں بیوی خود ہوں۔"

بس ذرا آگے جا کر ایک جگہ رک گئی۔ یہ ایک چھوٹا سا قصبہ تھا جہاں ہوٹل وغیرہ تھے۔ سعید اور منیر بس سے اتر آئے۔ بزرگ بھی ساتھ تھے۔ منیر ضد کرنے لگا کہ شربت پیے گا، سعید اسے منع کر رہا تھا کہ راستے سے الٹی سیدھی چیزیں کھانا پینا

نہیں چاہیے، ورنہ طبیعت خراب ہو سکتی ہے۔ بزرگ بولے:

"بچو، اسی لیے اسلام میں حکم ہے کہ جب لوگ سفر میں ہوں تو آپس میں کسی ایک کو اپنا امیر بنائیں۔"

"امیر؟ یعنی دولت مند؟" منیر نے بھولپن سے پوچھا۔

"نہیں بیٹے، امیر کا مطلب ہے حاکم۔ یوں سمجھیں کہ وہ اپنے ساتھیوں کا انچارج ہو گا۔ جو وہ فیصلہ کرے، اسے سب کو ماننا ہو گا۔ ویسے اس کے لیے بھی حکم ہے کہ وہ ساتھیوں سے مشورہ لیتا رہے۔"

"اچھا تو اس سفر میں آپ ہمارے امیر ہیں!" سعید نے مسکرا کر کہا۔

"چلیے، اگر آپ دونوں کی یہی مرضی ہے تو یہی سہی۔" بزرگ بھی مسکرائے۔ پھر بولے۔ "آیئے، آپ کو تازہ مالٹے کھلاتے ہیں۔ یہ قدرت کی طرف سے بالکل پیک کیا ہوا عمدہ پھل ہے۔ رس دار اور صحت بخش۔"

بزرگ نے ایک درجن مالٹے خریدے، پھر سب بس میں آکر بیٹھ گئے۔ ذرا دیر میں بس روانہ ہو گئی۔

بزرگ نے مالٹے چھیل کر دونوں بچوں کو دیے اور چھلکے احتیاط سے ایک کاغذ میں باندھ لیے۔

"راستے میں یا بس میں چھلکے پھینکنا اچھی بات نہیں، اس سے دوسروں کو تکلیف ہو سکتی ہے۔ کہیں کوڑے دان نظر آئے گا تو وہاں ڈال دیں گے۔"

بچے مالٹے مزے لے کر کھا رہے تھے۔ بزرگ نے چند مالٹے سامنے اور پیچھے والی نشستوں پر بیٹھے مسافروں کو بھی پیش کیے۔ مسافروں نے تھوڑے سے تکلف

کے بعد مالٹے لے لیے۔ بزرگ بولے:

"سفر میں بھی اپنے ساتھ بیٹھنے اور چلنے والوں کا خیال رکھنا چاہیے۔ قرآن مجید میں ہے کہ اپنے برابر کے ساتھی سے بھی حسن سلوک کرو۔"

"بے شک جی، آپ نے بالکل سچی بات بتائی۔" اگلی نشست پر بیٹھا ایک شخص سر ہلا کر بولا۔

پھر اس نے اپنے بیگ سے کیلے نکال کر بزرگ اور بچوں اور دوسرے مسافروں کو پیش کیے۔ کیلے کھاتے ہوئے بزرگ نے بچوں سے پوچھا:

"آپ نے سفر کے لیے روانہ ہوتے ہوئے دو رکعت شکرانے کے نفل پڑھے تھے؟"

"نہیں تو!" بچوں نے جواب دیا۔

"اب منزل پر پہنچیں تو پڑھ لیجیے گا۔ سفر پر روانہ ہوتے وقت اور واپسی پر دو رکعت نفل شکرانہ پڑھنا آپ ﷺ کا معمول تھا۔" بزرگ نے کلائی پر بندھی گھڑی دیکھی۔

"اب آدھے گھنٹے کا سفر رہ گیا ہے۔ آپ دونوں نے اپنے دوست کو اپنے آنے کی اطلاع دے دی ہے؟"

"نہیں، ہم ذرا اسے حیران کرنا چاہتے ہیں۔" سعید نے بتایا۔

"بیٹے۔ پیارے نبی صلی اللہ علیہ وسلم کا معمول تھا کہ سفر سے واپسی پر اچانک بغیر اطلاع گھر نہیں آتے تھے۔ آپ یا تو پہلے سے اطلاع دے دیں یا پھر مسجد میں نفل ادا کر لیں۔ اس دوران میں گھر میں اطلاع پہنچ جائے تاکہ گھر والے اچھی طرح

آپ کے استقبال کے لیے تیار ہو سکیں۔"

"آپ درست کہتے ہیں۔ ہم بس سے اترتے ہی، دوست کو فون کر لیں گے۔"

ذرا دیر بعد بس شہر میں داخل ہو گئی اور مختلف بارونق سڑکوں سے گزرتی ہوئی، اپنے اڈے پر جا کر ٹھہر گئی۔

بچوں نے بزرگ کا سامان بس سے اتارنے میں مدد کی۔ بزرگ نے دونوں بچوں کو پیار کیا۔ انھیں اپنا پتا اور فون نمبر دیتے ہوئے اپنے گھر آنے کی تاکید کی۔ پھر بزرگ انہیں اللہ حافظ کہہ کر رخصت ہو گئے۔ دونوں بھائی، اپنے دوست ارشاد کو فون کرنے کے لیے سامنے دکان کی طرف بڑھ گئے جہاں فون کی سہولت موجود تھی۔

***

۲

ایک تاریخی عجیب سفر نامہ

طالب ہاشمی

مسلمانوں کے دوسرے خلیفہ حضرت عمر فاروقؓ کو اسلام کی تاریخ میں بہت بلند مقام اور مرتبہ حاصل ہے۔ اسلام قبول کرنے سے پہلے وہ قبیلہ قریش کے معزز اور بہادر نوجوانوں میں شمار ہوتے تھے۔ اسلام قبول کرنے کے بعد انہوں نے اسے چھپایا نہیں بلکہ کھلے بندوں اپنے اسلام کا اعلان کیا اور سب مسلمانوں کو ساتھ لے کر حرم شریف (کعبہ) میں جا کر نماز پڑھی۔ ان کی جرات اور بے خوفی ہی تھی کہ رسولِ پاک ﷺ نے ان کو فاروق کا لقب عطا فرمایا۔ فاروق کا مطلب ہوتا ہے کہ حق اور باطل یا سچ و جھوٹ میں فرق (تمیز) کرنے والا۔ تاریخ میں انہوں نے فاروقِ اعظم کے لقب سے شہرت پائی۔ یہ لقب ملنے سے پہلے انہیں عمر بن خطاب ہی کہا جاتا تھا اور قریش کے دوسرے لوگوں کی طرح ان کا پیشہ بھی تجارت تھا اور وہ کبھی کبھی اس سلسلے میں دوسرے ملکوں کے سفر کرتے رہتے تھے۔

اسلام قبول کرنے سے کئی سال پہلے حضرت عمرؓ بن خطاب ایک دفعہ تجارتی قافلے کے ساتھ مال لے کر مکہ سے شام گئے قافلے میں قرش کے کئی اور بڑے

سردار بھی شامل تھے۔ یہ قافلہ شام کے سب سے بڑے شہر دمشق گیا اور وہاں اپنا مال بیچ کر واپس مکہ کی طرف روانہ ہوا۔ تھوڑا سا فاصلہ طے کرنے کے بعد حضرت عمرؓ کو یاد آیا کہ ان کی ایک رشتہ دار خاتون نے انہیں کچھ سونا دیا تھا کہ اسے بیچ کر اسکے لئے کچھ کپڑے وغیرہ لیتے آئیں۔ انہوں نے اپنے قافلے کے ساتھیوں سے کہا کہ فلاں عورت کا کام کرنے واپس دمشق جا رہا ہوں، کوشش کروں گا کہ یہ کام کر کے جلد واپس آجاؤں حضرت عمر دمش واپس گئے تو بازار بند ہو چکے تھے۔ مجبوراً وہ ایک سرائے میں ٹھہر گئے اور سو گئے تھوڑی دی کے بعد اللہ کا ایک بندہ سرائے میں آیا۔ اس نے حضرت عمرؓ کو جگایا اور اپنے ساتھ اپنے گھر لے گیا۔ معلوم نہیں یہ نیک آدمی حضرت عمر کو پہلے سے جانتا تھا۔ (حضرت عمر پہلے بھی کئی بار دمشق آچلے تھے۔) یا ان کے والد خطاب سے ان کی واقفیت تھی، اس نے حضرت عمر کی بڑی خاطر مدارت کی۔ کھانا کھا کر وہ تو سو گئے اور ان کا میزبان رات بھر عبادت کرتا رہا۔

صبح کو حضرت عمرؓ بیدار ہوئے تو ان کے میزبان نے کہا کہ اکیلے بازار نہ جانا، بازار میں لٹیرے اکثر مسافروں کو لوٹ لیتے ہیں، میرے ساتھ چلنا۔ یہ کہہ کر وہ سو گیا (کیونکہ رات بھر جاگتا رہا تھا۔) حضرت عمرؓ نے اسے جگانا مناسب نہ سمجھا اور اکیلے بازار چلے گئے۔ ابھی بازار کھلا نہ تھا۔ وہ بازار کھلنے کا انتظار کرنے لگے۔ کچھ دیر بعد ایک عیسائی پادری اپنے نوکروں کے ساتھ آیا اور حضرت عمرؓ کی طرف اشارہ کر کے اپنے نوکروں کو حکم دیا:

"اس شخص کو پکڑ لو، یہ گرجے کا کام بہت اچھی طرح کر لے گا۔"

اس زمانے میں حضرت عمرؓ بڑے تنومند پہلوان تھے۔ پادری کے نوکروں نے

ان کو پکڑ لیا اور ایک پرانے گرجے میں لے گئے۔ پادری نے ان کو ایک ہتھوڑا دیا اور ان کو گرجے کی ایک دیوار توڑنے پر لگا دیا۔ (ایسا معلوم ہوتا تھا کہ وہ اس کی جگہ نیا گرجا بنوانا چاہتا ہے۔) حضرت عمرؓ دن بھر کام کرتے رہے۔ کہیں شام کو جا کر چھٹی ملی اور وہ تھکے ہارے سرائے میں آکر بیٹھ گئے۔ پہلے دن والا نیک آدمی آیا اور اس نے پوچھا، آپ کدھر چلے گئے تھے؟ حضرت عمرؓ نے اسے سارا قصہ سنایا اور وہ پھر انہیں اپنے گھر لے گیا اور ان کی بڑی خاطر مدارت کی اور انہیں تاکید کی کہ کل بازار جاتے وقت مجھے ساتھ لے جانا اسکے بعد وہ عبادت میں مشغول ہو گیا اور حضرت عمرؓ سو گئے۔

دوسرے دن حضرت عمرؓ بیدار ہوئے تو اپنے نیک میزبان کو سوتے پایا۔ انہوں نے اب کی بار بھی اسکو جگانا مناسب نہ سمجھا اور اکیلے بازار چلے گئے۔ اتفاق سے پھر وہی پادری اپنے نوکروں کے ساتھ آیا اور اپنے حضرت عمرؓ کو پکڑ کر ساتھ لے گیا۔ ان کو غصہ تو بہت آیا لیکن کیا کرتے، غیر ملک میں وہ اکیلے تھے اور کوئی ہتھیار بھی پاس نہ تھا اور دوسری طرف پادری کے ساتھ سات آٹھ نوکر تھے اور سب ہتھیار بند تھے۔ پہلے دن کی طرح حضرت عمرؓ ہتھوڑے کے ساتھ گرجے کی دیوار توڑتے رہے۔ جب دھوپ تیز ہوئی تو پادری اور اسکے نوکر انہیں کام میں مشغول دیکھ کر چلے گئے اور حضرت عمرؓ دیوار کے سائے میں دم لینے کے لئے بیٹھ گئے اتنے میں وہ پادری گھوڑے پر سوار چپکے سے آیا اور حضرت عمرؓ کے سر پر کوڑا مارا اور کہا:

"ہم سب گھر گئے اور تو نے کام چھوڑ دیا۔"

اب حضرت عمرؓ کو صبر کی تاب نہ رہی۔ انہوں نے ادھر ادھر نظر دوڑائی۔ ہر

طرف سناٹا تھا انہوں پادری کو گھوڑے سے کھینچ کر نیچے گرا لیا اور اسکے سر پر ہتھوڑے پر ہتھوڑا مارنا شروع کر دیا۔ وہ بہتیرا چینخا چلایا لیکن کوئی اس کی مدد کے لئے نہ پہنچا۔ حضرت عمرؓ نے ٹوٹی ہوئی دیوار کا ایک بھاری ٹکڑا اٹھا کر اس کے سر پر دے مارا۔ وہ پہلے ہی زخمی تھا۔ اب اس نے دم دے دیا۔ اس کو مرتے دیکھ کر حضرت عمرؓ تیزی سے بھاگ کھڑے ہوئے اور جس راستے سے دمشق آئے تھے وہ راستہ چھوڑ کر ایک دوسرے راستے پر چل پڑے۔ شہر سے کافی دور انہیں ایک خچر پر سوار رومی ملا اور ان کے ساتھ چلنے لگا۔ وہ کچھ باتیں کرنے لگا لیکن نہ حضرت عمرؓ اس کی زبان سمجھتے تھے اور نہ وہ ان کیزبان سمجھتا تھا۔ اس نے یکا یک اپنی تلوار پر ہاتھ ڈالا۔ حضرت عمرؓ سمجھ گئے کہ وہ ان پر وار کرنا چاہتا ہے۔ انہوں نے فوراً اسے خچر سے کھینچ لیا اور اس سے تلوار چھین کر اس کے ایک ہی وار سے اس کس کام تمام کر دیا۔

پھر اس کے خچر پر سوار ہو کر آگے چلے۔

اس کے بعد کیا ہوا؟ اس کا حال خود حضرت عمرؓ نے اس طرح بیان کیا ہے:

"اس جگہ سے روانہ ہو کر میں ایک گرجے (عیسائیوں کے عبادت کرنے کی جگہ) پہنچا۔ یہاں عیسائیوں کی ایک جماعت رہتی تھی۔ میں گرجے کے اندر داخل ہوا تو گرجے میں رہنے والے سب لوگ میرے ارد گرد جمع ہو گئے اور مجھ سے میرے حالات کے بارے میں پوچھنے لگے۔ پھر وہ اپنے اسقف (کاٹ پادری) کے پاس گئے اور سے م یرے گرجے میں آنے کی اطلاع دی۔ اسقف میرے پاس آیا اور مجھے نہایت غور سے دیکھنے کے بعد کہا، ایسا معلوم ہوتا ہے کہ تمہیں کسی چیز کا خو فہے۔

میں نے کہا، تم نے کیسے اندازہ کیا کہ مجھے کسی چیز کا خوف ہے؟ اس نے میرے سوال کو ٹال دیا اور کہا، آپ جب تک چاہیں، یہاں ٹھہریں، آپ کو یہاں کسی قسم کا کوئی خطرہ نہیں کیونکہ آپ ہماری حفاظت میں ہیں۔"

پھر اسقف نے مجھے اپنے گھر میں مہمان کی طرح رکھا اور میری نہایت خاطر و مدارت کی پھر پوچھا:

"آپ کون ہیں؟"

میں نے اسے بتایا کی میں مکہ کا رہنے والا ہوں، قبیلہ قریش سے تعلق ہے، تجارتی قافلے کے ساتھ شام آیا تھا۔ تجارت کا مال بیچنے کے بعد اپنے ایک ضروری کام کے لئے مجھے اپنے قافلے سے جدا ہو کر واپس دمشق جانا پڑا۔ اب میں اپنے وطن واپس جا رہا ہوں۔ راستہ بھٹک کر یہاں آنکلا ہوں۔ اسقف مجھے غور سے دیکھتا رہا اور بار بار طرح طرح کے سوالات کرتا رہا۔ میں نے اس کے یہاں نہایت آرام سے رات بسر کی۔ صبح کو اس نے پوچھا، آپ ارادہ ابھی یہاں ٹھہرنے کا ہے یا آگے جانے کا؟

میں نے کہا، میں اب آپ سے رخصت ہونا چاہتا ہوں۔

یہ سن کر اسقف اپنا شاندار گدھا جو بڑا خوبصورت اور نہایت تیز رفتار تھا، لے آیا۔ اس پر پالان کسی اور خرجیاں لادیں جن میں کھانے کی مزیدار چیزیں اور قیمتی تحفے بھرے ہوئے تھے۔ (خرجیاں ان تھیلیوں کو کہتے ہیں جو گدھے کی پیٹھ پر سامان کے لئے باندھ دیتے ہیں۔) پھر اس نے کہا:

آپ اس گدھے پر سوار ہو جائیں اور چل پڑیں۔ راستے میں آپ کا گزر کسی

عیسائی کے مکان کے پاس سے ہو گا تو وہ آپ کو اس گدھے پر سوار دیکھ کر آپ کی بے حد تعظیم کرے گا اور آپ کی خاطر مدارت میں کوئی کسر اٹھا نہ رکھے گا۔

یہ کہہ کر اسقف نے میرا ہاتھ پکڑا اور تنہائی میں لے کا کر کہنے لگا۔

"اے عمرؓ! آپ پر میرا حق واجب ہو گیا۔"

میں نے کہا: "بے شک"

اس نے کہا: آپ کا تعلق ایک معزز قوم سے ہے، میری آپ سے ایک غرض ہے۔

میں نے کہا: آپ بیان کریں لیکن حیرت کی بات ہے کہ آپ جیسا بڑا آدمی مجھ جیسے پریشان حال مسافر سے کوئی غرض رکھتا ہو۔

اس نے بڑے یقین بھرے لہجے میں کہا:

"سنیں! میں ایک ایسا آدمی ہوں جسے اللہ نے آسمانی کتابوں کا علم عطا کیا ہے۔ میں نے آپ کی ذات میں بہت سی ایسی نشانیاں دیکھی ہیں جو ظاہر کرتی ہیں کہ جب ایک مقررہ مدت پوری ہو جائے گی تو حالات میں زبردست تبدیلی آئے گی۔ اس وقت آپ ہمارے ملک کے حاکم بن جائیں گے اور یہاں کے سب شہروں میں آپ ہی کا حکم چلے گا۔"

پھر اسقف نے اپنی جیب سے دوات، قلم اور کاغذ نکالے اور کہا:

"میری غرض یہ ہے کہ آپ اس کاغذ پر لکھ دیں کہ اس گرجے اور اس کی جائیداد پر جزیہ اور کسی قسم کا حکومتی محصول معاف ہو گا۔"

میں نے حیران ہو کر اسقف سے کہا:

"آپ مجھ سے مذاق تو نہیں کر رہے۔"

اس نے کہا، قسم ہے اس ذات کی جس نے عیسیٰ علیہ السلام پر انجیل نازل فرمائی، میں جو کچھ کہہ رہا ہوں وہ بالکل سچ ہے۔ آپ مہربانی کریں اور میری درخواست قبول فرمائیں۔

میں نے اسقف کی باتوں کو اس کا وہم سمجھا اور جس طرح اس نے کہا، اسی طرح لکھ کر کاغذ اسے دے دیا اور گدھے پر سوار ہو کر چل پڑا۔ راستے میں مجھے کئی جگہ عیسائیوں کی جماعتیں ملیں۔ انہیں نے اسقف کے گدھے پر مجھے سوار دیکھ کر میری بڑی خاطر مدارت کی۔ میں اسی طرح جگہ جگہ عیسائیوں کا مہمان بنتا تبوک پہنچ گیا۔ (تبوک شام اور عرب کی سرحد کے قریب ایک قصبہ ہے۔) اللہ کی شان جس تجارتی قافلے کے ساتھ میں گیا تھا وہ کافی دیر میرا انتظار کرنے کے بعد اسی جگہ سے چل پڑا تھا جہاں میں نے اسے چھوڑا تھا اور اب تبوک میں ایک کنویں کے قریب ڈیرہ ڈالے ہوئے تھے۔ قافلے والے میرے ساتھی مجھے دیکھتے ہی میری طرف دوڑ پڑے۔ وہ مجھ سے مل کر بہت خوش ہوئے اور کہنے لگے:

"ابنِ خطاب! ہم لوگ تمہارا انتظار کرتے کرتے بالکل مایوس ہو گئے تو ہم نے اس مقام سے کوچ کر دیا جہاں سے تم واپس دمشق گئے تھے مگر تمہارے بارے میں ہم سخت پریشان تھے، یہ تو بتاؤ اتنے تم کہاں رہے؟"

میں نے وہ تمام حالات بیان کئے جو مجھے پیش آئے تھے لیکن اسقف سے میری جو گفتگو ہوئی تھی وہ بالکل ظاہر نہ کی کیونکہ میں اسقف کی باتوں کو اس کا وہم اور اس کے عقیدے کی کمزوری سمجھتا تھا۔

قریش کے ایک سردار ابو سفیان بھی اس قافلے میں شامل تھے۔ انہوں نے مجھے اس شاندار گدھے پر سوار دیکھ کر کہا:

"ارے تم لوگ اس نوجوان کی اقبال مندی تو دیکھو، اسے کس ایسے میدان میں چھوڑ دیا جائے جہاں نہ پانی ہو نہ سبزہ پھر بھی اسے رزق مل جائے گا۔

اسقف نے رخصت کرتے وقت مجھ سے کہا تھا کہ جب میں اپنے ساتھیوں کے پاس پہنچ جاؤں اور گدھے کی ضرورت نہ رہے تو اس کی رسی کو خرجیوں پر رکھ کر اور خرجیوں کو مضبوطی سے باندھ کر گدھے کو اسی جگہ چھوڑ دوں۔ میں نے ایسا ہی کیا۔ یہ دیکھ کر ابو سفیان نے کہا: "ارے یہ تم نے کیا کر دیا؟ گدھے کو ایسی جگہ چھوڑ دیا جہاں سے چور اور درندے اکثر گزرتے رہتے ہیں۔"

میں نے کہا، "اس کے مالک نے مجھے ایسا ہی کرنے کی ہدایت کی تھی، وہ اس کی عادتوں سے زیادہ واقف ہے۔"

اب وہ جگہ گدھے والا کنوں کے نام سے مشہور ہے۔ وہاں سے روانہ ہو کر ہمارا قافلہ مکہ پہنچا۔ میرے اور اسقف کے درمیان جو گفتگو ہوئی تھی۔ وہ مجھے بھلائے نہ بھولتی تھی پہلے تو کئی دن تک میں نے اسے دل میں ہی رکھا لیکن پھر مجھ سے ضبط نہ ہو سکا اور میں نے یہ راز اپنی اس رشتہ دار خاتون کے سامنے ظاہر کر دیا جس نے مجھے سونا دیا تھا۔ وہ بڑی عقل مند خاتون تھی۔ اس نے مجھ سے کہا:

"اے ابنِ خطاب ! میں تمہارے بچپن ہی سے تم میں اچھی نشانیں دیکھ رہی ہوں۔ تم جب بہت چھوٹے بچے تھے تو میں نے ایک دفعہ خواب میں دیکھا کہ تم لمبے ہوتے جا رہے ہو اور تمہارا قد اتنا لمبا ہو گیا ہے کہ اس نے آسمان کو چھو لیا۔ یہ دیکھ کر

میں نے خواب میں کہا، ارے !یہ میرے بچے کی کیا حالت ہے ؟کسی نے کہا، یہ لڑکا دنیا اور آخرت میں بھلائی پانے والا بنے گا۔"

جاہلیت کے زمانے میں اس قسم کی باتوں کا مطلب میری سمجھ میں نہیں آتا تھا۔

مکہ میں ایک شخص اہلِ کتاب (یہود اور نصاریٰ) میں سے تھا جو بہت گمنام تھا۔ عام لوگ تو اس سے واقف بھی نہیں تھے لیکن قریش کے سردار اسے پہچانتے تھے اور اس کی بہت عزت کرتے تھے۔ ایک دن دوپہر کے وقت اسکے یہں گیا اور اس کے مکان پر پہنچ کر اسے آواز دی۔

"ذرا دروازہ کھولئے، مجھے آپ سے ضروری کام ہے۔ اس نے دروازہ کھول دیا۔ میں نے اس سے کہا:

"میں آپ سے چند باتیں کرنا چاہتا ہوں اور چاہتا ہوں کہ ان کو آپ اپنے دل میں راز بنا کر رکھیں اور کسی کے سامنے ظاہر نہ کریں۔ اس نے ایسا کرنے کا وعدہ کیا تو میں نے اپنے اپنے سفر کے تمام واقعات اس کے کے سامنے بیان کر دئے اور اپنے رشتہ دار خاتون کے خواب کا بھی ذکر کر دیا۔ جب میں اپنی گفتگو ختم کر چکا تو اس نے کہا:

"اے ابنِ خطاب !جس کو تم نے معافی کا وعدہ لکھ کر دیا، وہ اس زمانے میں عیسائیوں کا سب سے بڑا عالم ہے جو کچھ اس نے کہا وہ سب کچھ سچ ہے اور جلد ہی وہ تمہارے سامنے آجائے گا۔۔۔۔۔ جہاں تک تمہاری رشتہ دار خاتون کے خواب کا تعلق ہے تو اس سے یہ ظاہر ہوتا ہے کہ مکہ میں ایک بہت بڑا انقلاب آئے گا، زمانہ ایک نئی صورت اختیار رکرے گا اور آنے والے زمانے کے آسمان و زمین بدل

جائیں گے۔

میں وہاں سے گھر چلا آیا اور اسکی ساری باتیں اپنے دل میں لئے رہا۔ تھوڑے ہی عرصے کے بعد قریش کی مجلسوں میں رسول اللہ ﷺ کا ذکر ہونے لگا۔ یہ لوگ اس بات پہ ناک بھوں چڑھاتے تھے کہ محمد (ﷺ) اپنے آپ کو اللہ کا رسول کہتے ہیں، لوگوں کو بتوں کی پوجا سے منع کرتے ہیں اور ایک اللہ کو ماننے پر زور دیتے ہیں۔ جلد ہی اللہ تعالیٰ نے اسلام کو ظاہر کر دیا اور مجھے یقین ہو گیا کہ حالات وہی صورت اختیار کر رہے ہیں جن کی طرف آسمانی کتابوں کے عالم شام کے اسقف نے اشارہ کیا تھا۔

یہاں حضرت عمرؓ کا بیان ختم ہو جاتا ہے۔ نبت کے چھٹے سال حضرت عمرؓ نے اسلام قبول کر لیا اور رسول اللہ ﷺ کے جاں نثار ساتھی بن گئے۔

۱۱ ہجری میں رسول اللہ ﷺ نے اس دنیا سے پردہ فرمایا تو حضرت ابو بکرؓ مسلمانوں کے پہلے خلیفہ بنے۔ ۱۳ ہجری میں انہوں نے وفات پائی تو حضرت عمرؓ خلیفہ بنے۔ ان کے سفر نامے کی روایت کرنے والے (راوی) کا بیان ہے کہ حضرت عمر فاروقؓ اپنے خلافت کے زمانے میں شام تشریف لے گئے تھے تو ایک بہت بوڑھا آدمی جس کے بال برف کی طرح سفید ہو چکے تھے، عیسائیوں کی ایک جماعت کے ساتھ ان کی خدمت میں حاضر ہوا اور عرض کیا :

"اے امیر المؤمنین ! کیا آپ مجھے نہیں جانتے ؟"

حضرت عمرؓ نے فرمایا :

"اگر آپ شام کے فلاں گرجے والے اسقف ہیں تو میں آپ کو پہچانتا ہوں۔

اس نے کہا:

"جی ہاں، میں وہی اسقف ہوں۔"

حضرت عمر فاروقؓ نے فرمایا:

"میں نے آپ سے (لکھ کر) جو عہد کیا تھا وہ ابھی تک قائم ہے۔ اللہ تعالیٰ نے اپنے رسول محمد ﷺ کے ذریعے ہمیں عزت بخشی۔ انہوں نے ہمیں اللہ تالیٰ کے پسندیدہ دین اسلام کی طرف دعوت دی ہم نے یہ قبول کی۔ آپ ہی نے مجھے ان باتوں سے آگاہ کیا تھا۔ اب آپ کو کون سی چیز اسلام سے قبول کرنے سے روکتی ہے؟"

بوڑے اسقف نے حضرت عمرؓ کی باتیں سن کر اسی وقت اپنے ساتھیوں سمیت کلمہ پڑھ کر اسلام کی دولت حاصل کرلی۔

***

۳

روشنی کا سفر

فریال یاور

امام مسجد نے اذان ظہر سے کچھ دیر پہلے، مسجد کی چٹائیاں درست کیں اور پھر صحن میں بنی چھوٹی ٹنکی کی طرف چلے کہ وضو کر کے نماز کی تیاری کریں مگر یہ کیا۔۔۔ نل کھولتے ہی وہ حیرت میں ڈوب گئے۔ ٹنکی بالکل خالی تھی۔ بہرحال انہوں نے جلدی سے ایک بالٹی پانی کنویں سے بھر کر نمازیوں کے وضو کا بندوبست کیا۔ ٹنکی کا خالی ہونا امام صاحب نے ایک اتفاق سمجھ کر نظر انداز کر دیا، مگر دوسرے دن پھر یہی واقعہ پیش آیا تو امام صاحب کی حیرت کی جگہ غصے نے لے لی۔ انہیں غصہ ان لڑکوں پر آرہا تھا جو صبح امام صاحب کے حکم پر پانی بھرتے تھے۔

"دیکھو تو ذرا سامنے اتنے باادب اور تمیز دار بنتے ہیں اور مجھ سے اتنا بڑا دھوکہ کہ پانی کی ٹنکی نہیں بھری، کل خبر لوں گا۔ مگر نہیں پانی تو انہوں نے میری نظروں کے سامنے ہی بھرا تھا۔ پھر بھلا دھوکہ کیسے؟" امام صاحب نے خود ہی اپنے دل میں آئے شک کو ختم کیا۔

امام صاحب کا معمول تھا کہ نماز فجر کے بعد لڑکوں کو قرآن پاک کی تعلیم

دیتے اور فارغ ہونے کے بعد لڑکے محلے کے کنویں سے پانی لا کر مسجد کی ٹنکی نمازیوں کے وضو کے لیے بھرتے تھے۔ اگلے دن جب لڑکے قرآن پاک پڑھ کر فارغ ہوئے تو انہوں نے کنویں سے پانی لا کر مسجد کی ٹنکی بھری۔ کچھ دیر بعد امام صاحب نے خود جا کر ٹنکی کا ڈھکن اٹھا کر ٹنکی بھرنے کا اطمینان کیا۔ مگر ظہر سے پہلے ٹنکی حسب معمول خالی ملی۔ اب تو امام صاحب کی سمجھ میں نہ آتا تھا کہ صبح ان کی نظروں کے سامنے بھری جانے والی ٹنکی نماز سے پہلے ہی کس طرح خالی ہو جاتی ہے۔ بالآخر امام صاحب نے معاملے کی تہہ تک پہنچ جانے کی ٹھان لی۔

آج جب ظہر کی اذان سے ذرا پہلے مسجد سے اذان کی آواز سنائی دی تو امام صاحب فوراً مسجد کی جانب روانہ ہوئے۔ مسجد پہنچے تو کیا دیکھتے ہیں کہ کچھ لڑکوں نے وضو کیا۔ چار پانچ صفیں بنائیں۔ نماز کے لیے کھڑے ہیں۔ ان میں سے ایک لڑکا امامت کے لیے آگے بڑھتا ہے اور تمام لڑکوں کو نماز پڑھا رہا ہے۔ امام صاحب یہ سارا منظر بڑے صبر سے دیکھ رہے تھے اور لڑکوں کی نماز ختم ہونے کا انتظار کر رہے تھے مگر ان کا غصہ آسمان تک جا پہنچا تھا۔ نماز ختم ہوتے ہی انہوں نے لڑکوں کو بازوؤں سے پکڑ پکڑ کر مسجد سے باہر نکالنا شروع کیا۔ ساتھ ہی ڈانٹتے بھی جاتے۔ "تمیز تو ہے نہیں چلے ہیں نماز پڑھنے، ٹانگیں توڑ دوں گا اگر آئندہ ادھر کا رخ بھی کیا تو۔ ناک میں دم کر دیا ہے۔ سارا ٹنکی کا پانی بھی ختم کر دیتے ہیں اور چٹائیاں الگ خراب کرتے ہیں۔"

امام صاحب کی ڈانٹ ڈپٹ سے گھبرا کر چند لڑکوں نے اپنے اپنے گھروں کی طرف ڈر کر دوڑ لگا دی مگر چند ایک نے تمیز کے ساتھ امام صاحب سے نماز ادا کرنے

کی اجازت مانگی مگر ابھی امام صاحب کا غصہ ٹھنڈا نہ ہوا تھا، اس لیے اجازت ملنا تو دور کی بات۔ امام صاحب نے ان کی بات بھی نہیں سنی۔ بچے بظاہر تو خاموشی کے ساتھ سر جھکا کر گھر کی جانب روانہ ہوئے مگر ان کے ذہنوں میں یہ سوال تھا کہ 'ہم نے تو کوئی بد تمیزی نہیں کی صرف نماز پڑھی ہے اور بس۔ پھر امام صاحب کو اتنا غصہ کیوں؟'

اب پھر سے وہی معمولات تھے۔ فجر کی نماز کے بعد لڑکے قرآن کی تعلیم حاصل کرتے اور فارغ ہونے کے بعد محلے کے کنویں سے پانی لا کر مسجد کی ٹنکی بھرتے اور ظہر کی نماز ادا کرنے کے لیے آنے والے نمازی اس پانی سے وضو کرتے۔ امام صاحب کو بھی اطمینان ہو گیا مگر یہ اطمینان عارضی ثابت ہوا جب ایک دن نماز کی ادائیگی کے بعد امام صاحب گھر کے لیے روانہ ہوئے تو ڈاکیے نے انہیں ایک خط دیا۔ خط پر بھیجنے والے کا نام پتا درج نہ تھا۔ بس قرآن کی ایک آیت لکھی تھی جس کا ترجمہ تھا۔ "اور جو لوگ اپنے رب کو دن رات پکارتے ہیں اور اس کی خوشنودی کی طلب میں لگے ہوئے ہیں انہیں اپنے سے دور نہ پھینکو ان کے حساب میں کسی چیز کا بار تم پر نہیں ہے اور تمہارے حساب میں کسی چیز کا بار ان پر نہیں ہے اس پر بھی اگر تم انہیں دور پھینکو گے تو ظالموں میں شمار ہو گے۔"

خط پڑھتے ہی امام صاحب نے سمجھ لیا کہ اس آیت کے ذریعہ کدھر نشاندہی کی گئی ہے اور یہ کس کی حرکت ہو سکتی ہے۔ اس خیال کے ساتھ ہی امام صاحب سیدھا اس لڑکے کے والد کی طرف گئے اور وہ خط انہیں دکھایا۔ ساتھ ہی سارا واقعہ بھی سنایا۔ لڑکے کے والد نے سکون سے ساری باتیں سنیں اور خط کا مطالعہ بھی کیا۔ پھر

امام صاحب سے مخاطب ہوئے۔

"امام صاحب! کیا آپ کے خیال میں پانی اور چٹائیاں اتنی اہم ہیں کہ بچوں کو نماز سے روکا جائے؟ آپ تو سمجھدار نمازی آدمی ہیں۔ آپ کو تو نماز کی بچوں کو تلقین کرنی چاہیے اور باجماعت نماز کا بچوں کو پابند کرنا چاہیے۔ آپ کو تو چاہیے تھا کہ بچوں کے اس نیک عمل پر بچوں کی تعریف کرتے نا کہ انہیں ڈانٹتے اور جہاں تک بات پانی اور چٹائیوں کی ہے اس کا بھی حل ہے۔" یہ کہہ کر انہوں نے بیٹے کو بلوایا۔ بیٹا کمرے میں داخل ہوا تو امام صاحب کو دیکھ کر ایک لمحے کو ٹھٹکا مگر پھر سلام کر کے ایک طرف بیٹھ گیا۔

"بیٹے اگر آپ کو اس چھوٹی مسجد میں نماز پڑھنی ہے تو یہ آپ کی ذمہ داری ہے کہ نماز کے بعد اس ٹنکی کو اپنے ساتھیوں کے ساتھ مل کر بھریں اور جب چٹائیوں کی ضرورت ہو تو اس کے لیے چندہ جمع کر کے دیں۔"

"مجھے منظور ہے ابا جان۔" بیٹے نے بخوشی والد صاحب کی عائد کی گئی ذمہ داری قبول کر لی۔

بستی کے بچے قطار بنائے اسکول کے میدان میں جب اسمبلی کے لیے جمع ہوئے تو ہیڈ ماسٹر کے ساتھ علاقے کی پولیس چوکی کے انچارج بھی تشریف لائے۔ بچوں نے پولیس کو دیکھ کر آپس میں سرگوشیاں شروع کر دیں مگر تلاوت قرآن پاک کے ساتھ سرگوشیاں بند ہو گئیں۔ تلاوت قرآن کے بعد درس دیا گیا۔ درس سے فارغ ہونے کے بعد ہیڈ ماسٹر صاحب نے سامنے قطار میں کھڑے لڑکے 'حسن' کو اسٹیج پر آنے کو کہا۔ لڑکوں نے جب حسن کا نام سنا تو حیران رہ گئے۔

"حسن؟ یہ تو بڑا نیک لڑکا ہے ہم سب کے ساتھ تو بہت اچھی طرح پیش آتا ہے۔"

"ارے یہ سب دکھاوے کے لیے ہوگا۔ ضرور کوئی چوری کرکے آیا ہوگا۔ جبھی تو تھانیدار صاحب آئے ہیں۔" لڑکے آپس میں سرگوشی کررہے تھے۔ مگر حسن خاموشی سے چلتا ہوا اسٹیج پر گیا اور ہیڈ ماسٹر صاحب کے سامنے کھڑا ہوگیا۔

"شاباش! حسن بیٹے تم نے ہم سب کا سر فخر سے بلند کردیا ہے شاباش!" یہ کہتے ہوئے ہیڈ ماسٹر صاحب نے حسن کے کندھے تھپتھپائے اور لڑکوں سے مخاطب ہوئے۔

"بچو! کل جو کارنامہ حسن نے انجام دیا میں یہ پسند کروں گا کہ وہ آپ کو بھی بتاؤں تاکہ آپ بھی حسن کے اس واقعے سے سبق حاصل کریں۔ ہوا یوں کہ کل حسن نے ساحل سمندر پر ایک کشتی کھڑی دیکھی جس پہ ایک لکڑی کی مورتی رکھی تھی اور وہ بھی بغیر لباس کے۔ بچو! آپ کو تو پتا ہے کہ مورتی بنانا اور رکھنا ہمارے مذہب میں سختی سے منع ہے اور اسلام بے حیائی اور بری باتوں سے بھی روکتا ہے۔ اس لیے حسن نے قریبی پولیس چوکی جاکر چوکی انچارج کو اس واقعہ کی اطلاع دی۔ چوکی کے انچارج نے فوری طور پر مورتی اتروانے کا حکم دیا۔ کیونکہ ایک غیرت مند اور باحیا مسلمان کے لیے ایسا منظر ناقابل برداشت ہوتا ہے۔ بچو! ہم سب کو چاہیے جہاں کوئی بھی برائی دیکھیں تو اسے روکنے کی کوششیں کریں۔ آپ جیسے چھوٹے بچے اگر نیکی کا کام کریں گے تو بڑے بھی اپنی برائی پر شرمندہ ہوکر نیک کام کریں گے۔"

کلاس میں آج غیر معمولی ہلچل تھی۔ آج لڑکوں کو اپنے نئے ریاضی کے استاد کا انتظار تھا۔ ساتھ ہی وہ یہ بھی سوچ رہے تھے کہ پتا نہیں یہ نئے استاد کیسے ہوں گے ؟ کچھ ہی دیر میں ریاضی کے استاد تشریف لے آئے اور لڑکوں کا انتظار اور تجسس ایک ساتھ ہی ختم ہو گیا۔ جب استاد صاحب نے مسکرا کر پوری جماعت کو "السلام علیکم" کہا۔

"وعلیکم السلام !" پوری جماعت نے ایک ساتھ جواب دیا۔

"میرا نام ہے محمد آفندی اور میں آپ کا نیا ریاضی کا استاد ہوں۔" استاد صاحب نے بلا تکلف اپنا نام بچوں کو بتایا پھر لڑکوں سے باری باری ان کے نام معلوم کیے۔ کچھ دیر تعارف کے بعد استاد آفندی نے ریاضی پڑھانا شروع کی۔ ان کا انداز بہت دلنشین تھا۔ لڑکے بہت جلد ہی استاد آفندی سے مانوس ہو گئے۔ ہر روز ان کا بڑی بے تابی سے انتظار کیا جاتا۔ استاد آفندی ایک بڑے بااخلاق اور صاحب علم انسان تھے۔ بچوں کو ریاضی کی تعلیم دینے کے ساتھ ساتھ چھوٹے چھوٹے واقعات اور مثالوں سے ان کی اخلاقی تربیت بھی کرتے۔ لڑکے بھی ان کی باتوں کا خوب اثر لیتے اور ان کی بتائی ہوئی باتوں پر عمل کرنے کی کوشش کرتے۔

ایک دن استاد آفندی کلاس میں آئے تو انہوں نے بچوں کو یوں مخاطب کیا۔" میرے بچوں آپ میرے لیے بہت قیمتی ہیں۔ میرے پاس میرا جو بھی علم اور اخلاق ہے وہ میں آپ کو دینے کی کوشش کرتا ہوں۔ اخلاق اور عادتیں تو آپ کی بھی بہت پیاری ہیں مگر کیا ہی اچھا ہو اگر ہم اسکول کے باہر بھی اچھے اخلاق کا مظاہرہ کریں اور اخلاق کے ان اصولوں پر عمل کریں جن کے لیے ہم نے ایک تنظیم

برائے اخلاق بنانے کا فیصلہ کیا ہے۔" پھر انہوں نے اس تنظیم کے اہم اصول بھی خود ہی بتائے۔

۱۔ جو کوئی اپنے بھائی سے لڑے گا یا جھگڑا کرے گا اس پر ایک پیسہ جرمانہ ہو گا۔

۲۔ جو کوئی اپنے والد یا والدہ سے بد تمیزی سے پیش آئے گا اس پر ۱۰ پیسے جرمانہ ہو گا۔

۳۔ جو کوئی اپنے کسی ساتھی سے لڑے گا اس پر ۵ پیسے جرمانہ ہو گا۔

۴۔ اگر اس تنظیم کا صدر سکریٹری یا کوئی اور ذمہ دار ان میں سے کوئی بد تمیزی کرے گا تو جرمانہ دوگنا ہو گا۔

۵۔ جو طالب علم ان باتوں کی پابندی نہیں کرے گا۔ جماعت کے باقی طالبعلم اس سے بات چیت اور میل جول نہیں رکھیں گے۔ جب تک کہ وہ معافی نہ مانگ لے۔

اس کے بعد تمام لڑکوں کی حمایت سے حسن کو اس تنظیم کا صدر بنا دیا گیا۔ اور پھر دیکھتے ہی دیکھتے بہت سارے طالب علم اس تنظیم کے رکن بن گئے۔

جو لڑکے کسی اصول کی خلاف ورزی کرتے ان پر جرمانہ ہوتا اور جب یہ جرمانے کی رقم جمع ہو جاتی تو اسے کسی بھلائی کے کام پر خرچ کر دیا جاتا۔ یہ اسی تنظیم کے اصول تھے کہ جس کی بدولت حسن نے ساحل پر کشتی میں جب مورتی رکھی دیکھی تو اسے اتروایا۔ ساتھ ہی صدر ہونے کی وجہ سے حسن نے تنظیم کے تمام ساتھیوں کو یہ تجویز دی کہ تمام ساتھی ظہر کی نماز باقاعدگی سے اسکول کے قریب

چھوٹی مسجد میں ادا کریں۔ نماز سے کچھ دیر پہلے تمام لڑکے ایک ساتھ مل کر کھانا کھاتے پھر اس چھوٹی مسجد میں نماز ادا کرتے۔ جہاں پانی بھرنے کی ذمہ داری حسن کے والد نے حسن اور اس کے ساتھیوں کے ذمہ لگائی تھی۔

یہ تھے امام حسن البناء شہیدؒ جن کے والد کا نام احمد عبد الرحمن الساعتی احمد البناء تھا۔ جو مصر کی ایک بستی "محمودیہ" میں رہائش رکھتے تھے۔ شفیع احمد البناء گھڑی سازی کے ذریعہ روزی حاصل کرتے اور باقی وقت قرآن و حدیث پڑھنے اور پڑھانے میں صرف کرتے۔ ان کے پاس دینی اور تاریخی کتابوں کی ایک بڑی لائبریری بھی تھی۔ حسن البناء کا گھرانہ دیہاتی رہن سہن رکھنے والا اور اسلامی ماحول سے آراستہ تھا اور حسن کے والد اپنے بیٹے کو صحابہ کرام اور دوسرے بزرگان دین کی شجاعت بہادری عدل و انصاف کے قصے سناتے۔ انہیں بھی ویسا ہی بننے کی ترغیب دیتے۔ حسن البناء جب سات سال کے ہوئے تو والد صاحب نے انہیں اور ان کے چھوٹے بھائی عبد الرحمن البناء کو ابتدائی تعلیم کے لیے بستی کی ایک درسگاہ میں داخل کروادیا۔ یہاں کے استاد ایک نیک عالم دین تھے۔ استاد صاحب بچوں کو دینی تعلیم دینے کے ساتھ ساتھ اچھے اخلاق سے بھی آراستہ کرتے۔ اگر کوئی طالب علم کوئی اچھا کام کرتا تو استاد صاحب اس کی تعریف کرتے اور کوئی اچھا انعام اس طالب علم کو دیتے۔

حسن البناء بچپن ہی سے نماز روزے کی پابندی کرتے تھے۔ تہجد کی نماز ادا کرنے کے بعد چھوٹے بھائی عبد الرحمن کو نماز فجر کے لیے جگاتے اور نماز کے بعد صبح پانچ بجے سے چھ بجے تک قرآن کریم کی تلاوت کرتے۔ چھ سے سات بجے تک

تفسیر و حدیث کا مطالعہ کرتے پھر مدرسے چلے جاتے۔ حسن البناء نے مڈل کی تعلیم حاصل کرنے کے بعد ٹیچرز ٹریننگ کورس مکمل کیا۔ ٹیچر ٹریننگ کا امتحان حسن البناء نے بہت اعلا نمبروں سے پاس کیا اور پورے اسکول میں اوّل اور پورے ملک میں پانچویں نمبر پر آئے۔ اس کے بعد اعلا تعلیم کے لیے حسن البناء نے مصر کی قاہرہ یونیورسٹی کا انتخاب کیا۔ ۱۹۲۷ء میں حسن البناء نے قاہرہ یونیورسٹی سے ایم اے کی ڈگری حاصل کی۔ دوران تعلیم ہمیشہ حسن البناء برائی کو روکنے کی کوششیں کرتے اور ساتھیوں کے ساتھ مل کر مختلف طریقوں پر غور کرتے کہ کس طرح لوگوں تک اچھی دینی باتیں پہنچائی جائیں۔ دوران ملازمت انہوں نے پابندی کے ساتھ تبلیغ کا کام شروع کیا۔ وہ دن کے وقت اسکول میں ملازمت کرتے اور شام کو لوگوں سے ملاقات اور درس دیتے۔

لوگ جوق در جوق اس تحریک سے وابستہ ہونے لگے۔ اس تحریک کا مقصد مصر کو صحیح معنوں میں ایک اسلامی ریاست بنانا تھا۔ حسن البناء نے قائد اعظم کے دورۂ مصر کے دوران قائد اعظم سے ایک ملاقات میں تحریک پاکستان کی بھی تائید کی۔ اور قائد اعظم کو قرآن پاک کا ایک خوبصورت نسخہ تحریک پاکستان کی تائید کے طور پر پیش کیا۔ یہی نہیں بلکہ قائد اعظم کے دورۂ مصر کے بعد بھی حسن البناء نے تحریک پاکستان کی ہمیشہ حمایت کی۔ حسن البناء نے جو تحریک اخوان المسلمون کی صورت میں شروع کی، آج ایک اسلامی حکومت کی صورت میں مصر میں برسر اقتدار آگئی تھی لیکن اسلام کے دشمنوں نے نا صرف ان کی حکومت ختم کی بلکہ ان پر ظلم وستم کے پہاڑ توڑے۔ لیکن وہ اب بھی جدوجہد کر کے مصر کو ایک

اسلامی مملکت بنانے کی کوششوں میں مصروف عمل ہیں۔ اللہ ان کی مدد فرمائے۔ آمین۔ اخوان المسلمون کی صورت میں حسن البناء کا شروع کیا ہوا یہ روشنی کا سفر آج بھی مصر اور عالم اسلام کو روشن کر رہا ہے۔ حسن البناء کو ۱۲ فروری ۱۹۴۹ء کے دن اس وقت کی حکومت نے انہیں اپنی راہ کی رکاوٹ سمجھتے ہوئے شہید کر دیا۔

***

۴

نیکی کا سفر

ڈاکٹر صفیہ سلطانہ صدیقی

مسعود بھی حیرت انگیز بچہ تھا، ہر میدان میں آگے اور فاتح۔ پڑھائی ہو یا کھیل، تعلیم و تربیت سے لے کر نیکی اور بھلائی کے کاموں میں وہ سب سے آگے تھا۔ اس کی ایک بڑی وجہ یہ بھی تھی کہ وہ وقت ضائع کرنے والے فالتو کام اور مشاغل سے دُور رہتا تھا۔

وہ اور اس کا دوست رافع، کرکٹ کھیل کر واپس آرہے تھے! "آج تو جیت کا مزا آگیا۔" رافع نے خوشی سے کہا۔ اس کی آنکھیں چمک رہی تھیں، مگر مسعود نے "ہوں" کہہ کر مختصر سا جواب دے دیا۔

"چلو آج کچھ مزے دار چیز کھاتے ہیں، بہت بھوک لگی ہے!" رافع بولا۔

"تم کھالو! میں گھر چلتا ہوں اب۔" وہ آہستہ سے بولا۔

"تھکتے تو ہو نہیں تم! پھر کیا ہوا ہے؟ اور ہم ہار کے بھی نہیں آرہے؟" رافع نے بُرا سا منہ بنایا۔

"ویسے ہی کہا؟ ابھی مغرب ہو رہی ہے، پھر نکلنا پڑے گا، نماز پڑھ کر ہی چلتے

ہیں۔ چلو آؤ کچھ کھاتے ہیں نا!" رافع نے کہا۔

"موڈ نہیں!" مسعود نے کہا تو رافع اس کے پیچھے ہی پڑ گیا۔ "بتاؤ کیا ہوا ہے؟"

مسعود نے کہا "میرا خیال ہے کہ وہ حضرت علی رضی اللہ عنہ کا قول تھا جو میں نے ساتویں جماعت میں پڑھا تھا کہ "اُس دن پہ رو، جس دن تو نے کوئی نیکی نہ کی ہو۔" میں نے ساتویں جماعت سے لے کر آج کے دن تک یہ طریقہ اپنا لیا کہ دن میں بیس نہیں تو کوئی دس نیک کام ضرور کرتا ہوں۔ مگر آج میں نے کوئی نیکی اور بھلائی نہیں کی بس اسی لیے اُداس ہوں۔"

"ہم نے نیکی کی تو ہے۔ ابھی جو عصر پڑھی تھی۔ پانچ وقت کی نمازیں پڑھتے ہیں ہم! دوسرے بچوں کو دیکھو!" رافع نے کہا۔

"نہیں یار! اپنے سے اوپر جانے والوں کو دیکھو، اپنے سے نیچے بلکہ گرنے والوں کو نہیں دیکھو۔"

باتوں ہی باتوں میں مغرب کی اذان ہو گئی۔ وہ نماز پڑھ کر نکلے ہی تھے کہ انھیں سامنے سڑک کے کنارے ایک چار سالہ بچہ روتا ہوا نظر آیا۔

"چل یار! نیکی کر لے، زبردستی سڑک پار کرادے بچے کو۔" رافع نے شرارت سے کہا۔

بچے کا چہرہ آنسوؤں سے بھیگ گیا تھا! نجانے وہ کب سے خوفزدہ رو رہا تھا۔ رافع اور مسعود نے اس کے پاس جا کر اس سے سوالات کرنا شروع کر دیے۔

"مسعود! دیکھ لو۔۔۔ آج کل بچوں کے ذریعے ڈاکو چور اور بچوں کو اغوا کرنے والے اپنا کام دکھاتے ہیں۔ نیکی گلے نہ پڑ جائے۔" رافع نے خوفزدہ ہو کر کہا۔ "لیکن

اگر یہ کوئی مظلوم ہے تو بہت بڑا گناہ ہو جائے گا ہم سے، معلوم کر کے کچھ نہ کچھ اندازہ کر لیتے ہیں۔" مسعود نے پرخیال انداز میں کہا۔

"یار تم اکیلے نیکی کرو، بیس نیکیوں کا کوٹا پورا ہو جائے گا مجھے دیر ہو رہی ہے، میں تو چلا۔" یہ کہہ کر رافع جانے کے لیے مڑ گیا۔

"کہاں چلا؟ ایسے کیسے جائے گا؟ اب تو ہم ساتھ ہی جائیں گے اس بچے کو اس کی منزل تک پہنچا کر۔" مسعود کی آواز میں خوشی اور شرارت کی آمیزش ہو گئی تھی۔ اس نے رافع کا ہاتھ پکڑ کر کھینچا۔ مجبوراً رافع کو رکنا پڑا۔ اب وہ بچے کے قریب آ گئے تھے۔

مسعود نے اس کا ہاتھ پکڑ کر کہا: "بیٹے کون ہو تم؟"

"تمال" بچے نے ہچکیوں کے درمیان بتایا۔

"ہائیں؟ کون؟" رافع نے مسکرا کر پوچھا۔

"دمال!" بچے نے روتے روتے ہی جواب دیا۔

"لو! اس کا تو ہر لمحے نام بدل جاتا ہے۔ آثار بتاتے ہیں کہ یہ جمال بھی ہو سکتا ہے کمال بھی!" رافع نے مسکراتے ہوئے کہا۔

"آپ کہاں رہتے ہیں؟" مسعود نے اس کے آنسو پونچھتے ہوئے کہا۔

"تو تلی میں!" بچہ معصومیت سے بولا۔

"یار مسعود! اس نام کا تو کوئی بھی علاقہ کراچی میں نہیں پایا جاتا! کس مصیبت میں پڑ گئے۔ چلو اس کی گمشدگی کا اعلان کرا کے گھر چلتے ہیں۔"

کمال اور جمال کے نام سے بچے کی گمشدگی کا اعلان ہوا مگر کوئی بھی بچے کو لینے

نہیں آیا۔ بچے کی ٹوٹی پھوٹی زبان سے پتا چلا کہ وہ کوٹلی کا رہنے والا تھا اور اپنے نانا کے گھر آیا ہوا تھا! وہ نانا کے پیچھے پیچھے گھر سے نکلا اور چلتے ہوئے بہت دُور نکل آیا۔ مسعود نے رافع کو چھٹی دے دی اور اپنے گھر دیر سے آنے کا کہلوا دیا۔ جب رات زیادہ ہونے لگی تو امام مسجد کی اجازت اور مشورے سے مسعود اس بچے کو گھر لے آیا۔

بچہ بہت سارے بسکٹ چاکلیٹ اور پھل لے کر بہل گیا، مسعود کی امی نے اسے کھانا کھلایا اور کہا کہ کل قریبی مساجد سے بھی اعلان کراؤ۔ اتنا چھوٹا بچہ آدھا کلومیٹر سے زیادہ دُور نہیں جا سکتا۔

"دادی؟ ادل تامنے دھل تا میلے نانا دان تھا! اب تو ماما میلی آئی تلیم بھی تھا دئے اونگے!" اس کی آنکھوں میں آنسو بھر آئے۔ لہٰذا اسے ایک آئس کریم بھی منگوا کے دے دی گئی۔

"اب تو تھو تھی تالہ نے میلے تیس بھی تھالیے ہوں دے۔" اور وہ سوچ کر رونے لگا پھر چپس منگوانے پڑے۔ کھانے کی چیزیں ختم ہوتے ہی بچے کو یاد آجاتا کہ وہ تو کھو گیا ہے۔ مسعود کی امی کا اندازہ ٹھیک نکلا اور بچے کو اس کے نانا تک پہنچا دیا گیا۔

مسعود کی زندگی میں سکون بہت تھا، مشکلات اور خطرات سے اللہ اسے صاف بچا لیتا تھا، بڑے ہو کر بھی اس نے اپنا طریقہ نہیں بدلا۔ وہ مشکلات کی ٹھوکروں سے گھبرا کر سیدھے راستے سے ہٹنے والوں میں نہیں تھا۔

زندگی کے پچیس برس اسی طرح بیت گئے۔ دوسروں کا بھلا سوچنا اور حلال کھانا اس کا طریقہ رہا۔ مسعود، مسعود صاحب بن گیا۔ مسعود کا ایک چھوٹا سا کاروبار

تھا، تین بچے تھے اور تینوں کی شادی ہو چکی تھی۔ بڑی بیٹی شہداد پور میں بیاہی گئی تھی۔

آج مسعود صاحب اپنی بیگم کے ساتھ اپنی بیٹی اور نواسی سے ملنے جا رہے تھے۔ دونوں سفر میں تھے کہ مسعود کے پیٹ میں شدید درد اُٹھا اور انھیں سفر منقطع کرنا پڑا۔ اب نہ وہ شہداد پور پہنچ سکتے تھے نہ ہی واپس کراچی۔ لہٰذا اُنھیں درمیان میں ہی اُتر کر اسپتال کی تلاش کرنی پڑی۔ ان کی حالت بہت خراب تھی۔

نیکیاں کرنے والوں کا اللہ ہاتھ پکڑتا ہے۔ اس کی مدد کے لیے نیک بندے بھیجتا ہے اور جہاں لوگ نہ ملیں وہاں اللہ کے ولی کی فرشتوں سے کے ذریعے کی جاتی ہے۔ رکشے والے نے مسعود صاحب اور ان کی اہلیہ کو ایک چھوٹے سے اسپتال میں پہنچا دیا۔ مسعود کی بیوی فاطمہ نے کہا: "مجھے تو لگتا ہے کہ یہاں ڈاکٹر ہی موجود نہیں ہے؟" وہ درد سے تڑپتے شوہر کے لیے سخت پریشان تھی۔

وارڈ بوائے، جو اس اسپتال کا چوکیدار، ڈاکٹر، منتظم سبھی کچھ لگ رہا تھا اس نے بے نیازی سے کہا: "پین کلر دے سکتا ہوں یا کسی اور بڑے اسپتال چلے جاؤ فی الحال یہی مشورہ دے سکتا ہوں!" ابھی فاطمہ فیصلہ بھی نہ کر پائی تھی کہ اس نے دو آدمی اندر داخل ہوتے ہوئے دیکھے، وارڈ بوائے نے چڑ کر کہا: "بھائی! ڈاکٹر نہیں ہے اِدھر! آپ کو جو بھی مسئلہ ہے وہ لے کر کہیں دور چلے جاؤ۔"

ان آدمیوں میں سے، ایک ادھیڑ عمر کا شخص اور ایک نوجوان تھا، نوجوان نے گھور کر لڑکے کو دیکھا اور کہا: "میں خود ڈاکٹر ہوں اور یہ میرے اسپتال کے منتظم ہیں۔"

"اوہ! اچھا۔۔۔ پھر آپ یہاں کیسے آ گئے ؟وارڈ بوائے نے ذرا گھبرا کر کہا۔

"لمبے سفر پہ ہیں! پانی کی ضرورت پڑ گئی تھی گاڑی میں ڈالنے کے لیے پانی ختم ہو گیا۔۔۔"

"ڈاکٹر صاحب، آپ میرے شوہر کو دیکھ لیں۔" فاطمہ نے ڈاکٹر کی بات کاٹ کر اس کو ایمر جنسی روم میں لیٹے شخص کی طرف متوجہ کیا اور ڈاکٹر باقی سب بھول کر مریض کو دیکھنے کے لیے بڑھ گیا۔

ڈیڑھ گھنٹے بعد صبح ہو گئی! ڈاکٹر سر جن کمال نے بہت خوش ہو کر اپنے ساتھ آنے والے شخص کو اور فاطمہ کو بتایا کہ اللہ نے اس مریض کی جان بچا لی!! ہرنیا کا چھوٹا سا آپریشن تھا مگر مریض کی لاپروائی کی وجہ سے ایک چھوٹی تکلیف جان لیوا ثابت ہو سکتی تھی، بروقت آپریشن ہو گیا لہٰذا اب مریض پر سکون ہو چکا ہے، بغیر سہولیات کے ایک چھوٹے سے اسپتال میں ایک ماہر ڈاکٹر میسر آ گیا تھا! مسعود اللہ کی مدد پر بہت حیران و شکر گزار تھا۔ فاطمہ نے شکرانے کے نفل ادا کیے تھے۔

ڈاکٹر کمال نے کہا: "ماموں جان! اب چلیے ؟ بہت وقت ہو گیا ہے ؟" مسعود ان دونوں کا بہت شکر گزار تھا! مجھے لگتا ہے کہ میں نے آپ کو کہیں دیکھا ہے۔۔۔؟ مسعود نے اس شخص کو مخاطب کیا جسے ڈاکٹر نے "ماموں" کہا تھا۔ "جی۔۔۔ آپ کی شکل آواز بھی مجھے بہت شناسا لگتی ہے ؟ شاید کراچی میں آپ کو کہیں دیکھا ہے۔"

"آپ کی رہائش کہاں ہے کراچی میں ؟" مسعود نے پوچھا۔

"لالو کھیت دس نمبر کے قریب! اور دس نمبر سے پیچھے والے علاقے میں جب بھی کبھی جانا ہو، میرے رونگٹے کھڑے ہو جاتے ہیں!!" ڈاکٹر کے ماموں نے کہا۔

"وہ کیوں۔۔۔؟؟"مسعود نے پوچھا۔

"یہ صاحب زادے کھو گئے تھے ایک بار، ان دنوں ان کے والدین کوٹلی میں تھے اور یہ اباجی کے ساتھ ضد کر کے کراچی آ گئے تھے۔

"میں اس قصے کو بہت انجوائے کرتا ہوں، ماموں حمید مجھے اکثر چھیڑتے ہیں اس قصے کی تفصیلات بتا کر۔"ڈاکٹر نے جھینپ کر کہا۔

"تمال۔۔۔دمال۔۔۔!!ناناماموں۔۔۔تم وہی بچے ہو کیا؟"مسعود حیرت زدہ رہ گیا۔

"ارے ارے۔۔۔" ڈاکٹر کے ماموں چونکے اور اُنھوں نے اب مسعود کو باقاعدہ گھور کر دیکھا۔

"تم۔۔۔تم وہی مسعود!!تم وہی مسعود ہونا؟"ماموں نے خوشی سے کہا۔

"ہاں بالکل!میں وہی ہوں!!مجھے یقین آگیا کہ نیکی آخرت میں تو بہت کام آتی ہی ہے مگر دنیامیں بھی راحت وسکون دیتی ہے۔"

مسعود نے بھرائی ہوئی آواز میں کہا۔

"میں اکثر سوچتا ہوں کہ اگر کمال کسی غلط ہاتھ میں پڑ جاتا تو کوئی چور ڈاکو یا بھکاری ہوتا!میں اسے ہمیشہ یاد دلاتا ہوں کہ ایک مسعود نامی شخص نے تمھیں بہت دُور سے ہمیں واپس لاکر دیا تھا!میں اللہ کا بہت شکر گزار ہوں کہ اس نے کمال کو تمھارے ہاتھوں میں دے دیا تھا، ورنہ یہ کسی اور کے ہتھے چڑھ جاتا تو ہم اس کے والدین کو کیا جواب دیتے؟"حمید کی آنکھوں میں اس واقعے کی یاد سے بھی آنسو آجایا کرتے تھے!

"میں نے اپنے محسن کو اپنی آنکھوں سے دیکھ لیا ہے آج!" ڈاکٹر نے کہا۔

"اب تو تم بھی ہمارے محسن ہو بیٹا!! اصل میں اللہ ہی ہے وہ، جو ہم سب کا خیال ایک دوسرے سے کرواتا ہے۔ نیکی کی توفیق دے کر!"

کچھ ہی دیر بعد ڈاکٹر کمال کی گاڑی سب کو لے کر رواں دواں ہو گئی تھی، اب ڈاکٹر کمال کو پہلے اپنے محسن مریض کو منزل تک پہنچانا تھا۔ اس کے بعد ان منزل تھی۔

***

۵

بُرائی کا سفر

مصنفہ: Enid Blyton

ترجمہ: گل رعنا

ان واقعات کا آغاز اس وقت سے ہوا جب ٹام نے ایک بری اور احمقانہ حرکت کی۔ وہ بس اسٹاپ پر دو اور لڑکوں کے ساتھ گھر جانے والی بس کے انتظار میں بیٹھا تھا۔ بینچ کے دوسرے سرے پر مسز مائیک بیٹھی تھیں جو بس کے انتظار میں بیٹھے بیٹھے تقریباً سو چکی تھیں۔ ان کے برابر میں شاپنگ کی ٹوکری رکھی تھی۔ جو اوپر تک بھری ہوئی تھی۔ ایک لڑکے نے ٹام کو ٹھوکا دیا۔ "تم نے دیکھا، بوڑھی خاتون کی ٹوکری میں سب سے اوپر کیا رکھا ہے؟" ٹام نے دیکھا۔ مسز مائیک نے اپنے پوتے کے لیے چاکلیٹ کی بڑی بار خریدی تھی اور وہ باسکٹ میں سب سے اوپر موجود تھی۔ "اسے نکال لو!" لڑکے نے ٹام سے دوبارہ سرگوشی کی۔ "وہ سو رہی ہیں اور ان کو پتہ بھی نہیں چلے گا۔ ہمت کرو!"

ہمت کا غلط استعمال بعض دفعہ احمقانہ ہوتا ہے۔ وہ آپ کو خطرناک یا برے

کاموں پر اکساتا ہے اور آپ کو "نہیں" کہنے کے لیے بہت عقل مندی اور بہادری کی ضرورت ہوتی ہے۔ ٹام عقل مند نہیں تھا اور نہ ہی اتنا بہادر کہ اپنے ساتھی لڑکوں کو انکار کرنے کی جرات کر سکے۔ لہٰذا وہ آہستہ آہستہ چلتے ہوئے مسز مائیک کی جانب بڑھا۔ اسے امید تھی کہ اس برے کام کو کرنے سے پہلے پہلے بس آجائے گی اور اس کی بہادری کا بھرم رہ جائے گا۔ ٹام حقیقتاً برا لڑکا نہیں تھا۔ وہ صرف دوسرے لڑکوں کو یہ دکھانا چاہتا تھا کہ وہ بہت ہوشیار اور بہادر لڑکا ہے۔ اس نے ٹوکری میں اپنا ہاتھ ڈالا، اس کی انگلیاں چاکلیٹ سے ٹکرائیں اور اس نے آہستہ آہستہ اسے اوپر اٹھالیا اور پھر اچانک کچھ اور ہو گیا۔

کسی طرف سے اچانک ایک بڑا کتا اچھلتا ہوا آیا اور اس سے ٹکرا گیا۔ چاکلیٹ اس کے ہاتھ سے نکل کر زمین پر گر پڑی اور کتا ایک دم اس پر جھپٹ پڑا۔ اس نے چاکلیٹ کو کاغذ سمیت دو ٹکڑوں میں دبائی ہوئی تھی۔ مسز مائیک جاگ اٹھیں۔ انھوں نے کتے کو اپنی قیمتی چاکلیٹ کھاتے ہوئے دیکھا۔ تو وہ سخت غصہ ہوئیں۔ انھوں نے اپنی چھتری اٹھائی اور کتے کو پیٹنا شروع کر دیا۔۔۔۔ "عف۔۔۔۔ عف"۔۔۔۔ کتا تکلیف سے چلانے لگا۔ تینوں لڑکے خوف زدہ ہو کر یہ منظر دیکھ رہے تھے۔ ٹام چقندر کی طرح سرخ ہو رہا تھا۔ اس کی غلطی کی سزا کتے کو مل رہی تھی۔ وہ اتنا جرات مند تو تھا کہ دوسرے لڑکوں کے کہنے پر ایک غلط حرکت کر کے دکھادے تاہم وہ اتنا بہادر نہیں تھا کہ اپنے جرم کا اقبال کر سکے۔ لہٰذا وہ کتے کو بے دردی سے پٹتے ہوئے دیکھتا رہا۔

ایک غصیلی آنکھوں والی عورت جو کتے کی مالکن تھی۔ اب وہاں پہنچ چکی تھی

اور چلا رہی تھی۔ "تمہاری جرات کیسے ہوئی میرے کتے کو اس طرح مارنے کی! اپنی چھتری فوراً نیچے رکھو! میں تمہیں بتا رہی ہوں۔ بے چارہ کتا! تم نے تو تقریباً اس کی کمر ہی توڑ دی ہے۔ مجھے تو اس بات پر حیرت ہے کہ اس نے تم پر حملہ کیوں نہیں کیا!"

"اس نے میری ٹوکری سے چاکلیٹ چرائی ہے۔" مسز مائیک چلائیں: "یہ چور کتا ہے۔ لوگوں کی ٹوکریوں سے چیزیں اٹھاتا ہے۔"

"مجھے یقین ہے کہ یہ کبھی ایسی حرکت نہیں کر سکتا۔" دوسری عورت نے اپنے کتے کو نرمی سے تھپ تھپاتے ہوئے کہا: "اس نے اپنی زندگی میں کبھی کوئی چیز نہیں چرائی۔ تمہیں میرے کتے کو اس بے دردی سے مارنے پر معافی مانگنی ہوگی ورنہ اچھا نہیں ہوگا۔"

"میں ایک کتے سے معافی نہیں مانگوں گی۔" مسز مائیک نے اپنی چیزیں سمیٹتے ہوئے کہا کیوں کہ انھوں نے بس کو آتے ہوئے دیکھ لیا تھا۔ "اور مزید یہ کہ تم میرا کچھ نہیں بگاڑ سکتیں۔" دوسری عورت مسز مائیک کو بس میں سوار ہوتے دیکھ کر چلائی: "اوہ! تو تمہارا خیال ہے کہ میں تمہارا کچھ نہیں بگاڑ سکتی؟ خیر! تو سن لو! تم میری دکان سے اپنی بلی کے لیے مچھلی کی آلائش خریدتی ہو ناں! مگر اب تم میری دکان سے مزید خریداری نہیں کر سکو گی۔"

وہ عورت دراصل مسز جیک تھی، جس کی قصبے میں مچھلی کی واحد دکان تھی۔ ہر دوسرے دن وہ مسز مائیک کی بلی کے لیے مچھلی کی آلائش کا ایک پارسل بنا کر انھیں دیتی تھی۔ بلی کو مچھلی کی آلائش بہت پسند تھی اور وہ بے چینی سے ان کے پکنے کا انتظار کرتی تھی۔ مسز جیک تینوں لڑکوں کی طرف مڑیں جو خود بھی بس میں سوار

ہو رہے تھے: "میرے کتے کو چور کہنے پر میں اسے ضرور سبق سکھاؤں گی ورنہ کل کو وہ کہے گی کہ تم لوگ بھی چور ہو!"

ٹام یہ بات سن کر پہلے سے زیادہ سرخ ہو گیا۔ وہ واقعی بہت شرمندہ تھا مگر غلط حرکت تو سرزد ہو چکی تھی اور جس وقت ٹام اقبال جرم کر کے اس کا ازالہ کر سکتا تھا، وہ ڈر کے مارے نہیں کر پایا تھا۔

مسز جیک اپنی بات کی پکی تھی۔ اس نے مچھلی کی تمام آلائش مسز مورس کو ان کی سیامی بلی کے لیے دے دی۔ جب مسز مائیک دکان پر آئیں تو ان کے خریدنے کے لیے ایک چھیچھڑا بھی نہیں بچا تھا۔

"میں تمھیں پہلے ہی بتا چکی ہوں کہ میں تمھیں مزید آلائش نہیں دے سکتی کیونکہ تم نے میرے کتے کو مارا تھا۔" مسز جیک نے سختی سے کہا۔ "ہاں! تم اپنی بلی کے لیے پوری مچھلی خرید سکتی ہو۔ دس پنس کی آلائش خریدنے کے بجائے تم کو پچاس پنس کی مچھلی خریدنی ہو گی۔"

"تم جانتی ہو کہ میں اتنی مہنگی مچھلی نہیں خرید سکتی۔" مسز مائیک نے مایوس ہو کر کہا۔ "یہ تو تمھیں اس وقت سوچنا چاہیے تھا جب تم نے میرے کتے کو مارا تھا اور اسے چور کہا تھا۔" مسز جیک نے سرد مہری سے کہا: "اب ذرا اگلے گاہک کے لیے راستہ چھوڑ دو!"

مسز مائیک خالی ہاتھ گھر گئیں تو ان کی بلی دروازے پر بیٹھی ان کا انتظار کر رہی تھی۔ مچھلی کی بو نہ پا کر وہ میاؤں، میاؤں کرنے لگی۔ "میری غریب بلی! آج سے تمھیں مچھلی نہیں ملے گی۔" مسز مائیک نے افسردہ لہجے میں کہا۔ "میں تمھیں اپنے

کھانے میں سے بچا کھچا دوں گی مگر وہ تمہارا پیٹ بھرنے کے لیے ناکافی ہو گا۔ اب سے تمہیں اپنا پیٹ بھرنے کے لیے خود کھانے کی تلاش کرنی ہو گی۔" بلی نے مچھلی کے لیے کافی دیر تک انتظار کیا۔ مگر وہاں مچھلی ہوتی تو ملتی۔ مسز مائک نے اپنے کھانے میں سے بچا کچھا اس کو دیا مگر وہ بڑی بلی تھی اور ہمیشہ ہی بھوکی رہتی تھی۔ چند ہی دنوں میں وہ دبلی پتلی اور فاقہ زدہ نظر آنے لگی۔ پیٹ بھرنے کی خاطر وہ باہر گلی میں گھومتی رہتی۔ وہ جانتی تھی کہ لوگوں کے گھروں کے آگے رکھے کوڑے دانوں میں لوگ ہر طرح کی چیزیں پھینکتے ہیں اگر وہ کسی طرح کوڑے دان کا ڈھکن ہٹا سکے تو وہ اندر جا کر اپنی پسند کا کھانا تلاش کر سکتی ہے۔

وہ ایک بڑی اور ذہین بلی تھی۔ اس نے جلد ہی سیکھ لیا کہ کوڑے دان کا ڈھکن کیسے ہٹایا جاسکتا ہے۔ وہ چھلانگ لگا کر کوڑے دان کا ڈھکن فرش پر گرا دیتی اور پھر اندر گھس کر اپنی پسند کی چیزیں ڈھونڈ کر کھایا کرتی تھی۔

ایک دن چوہا محلے میں آ گیا۔ وہ ایک بڑا لیکن نسبتاً کمزور چوہا تھا، کیوں کہ پچھلے دو ہفتوں سے اسے کھانے کو خاطر خواہ نہیں ملا تھا۔ بلی کی بو پا کر وہ خوف زدہ ہو گیا۔ اس نے چھپ کر بلی کی نگرانی کا فیصلہ کیا تا کہ پتہ چل سکے کہ بلی کہاں رہتی ہے تا کہ وہ اپنی حفاظت کا بندوبست کرے اور پھر چوہے نے دریافت کر لیا کہ بلی کو ڑے دانوں کے پاس جاتی ہے اور جھٹکے سے ڈھکن گرا کر اندر بیٹھ کر کھانا کھاتی ہے۔ چوہا یہ دیکھ کر خوش ہو گیا۔ "میں بھی کوڑے دان کا ڈھکن ہٹانے میں کامیاب نہیں ہو سکا۔" اس نے سوچا: "یہ تو بڑی اچھی بات ہے! میں انتظار کروں گا جب تک بلی ایک کوڑے دان کو چھوڑ کر اگلے کا رخ نہیں کرتی اور پھر جیسے ہی وہ آگے چلی جائے

گی، میں اس کے پیچھے ہر کوڑے دان کے اندر گھسوں گا۔ جو کچھ بلی سے بچ رہے گا وہ میرے لیے بہت کافی ہو گا۔"

پھر اس نے ایسا ہی کیا۔ ہر رات ایک محفوظ فاصلے پر رہتے ہوئے وہ بلی کا پیچھا کرتا اور کھلے ہوئے کوڑے دانوں میں گھس کر کھانا کھاتا۔ کچھ ہی عرصے میں وہ بہت موٹا تازہ اور خوش حال ہو گیا۔ اب چوہے نے سوچنا شروع کر دیا کہ اسے شادی کر لینی چاہیے۔ "میں اپنے خاندان کے لیے ہمیشہ اچھے سے اچھا کھانا ڈھونڈ سکتا ہوں۔" اس نے سوچا: "ہاں! میں اب ایک خوب صورت چوہیا سے شادی کروں گا۔" لہٰذا جلد ہی اس نے شادی کر لی اور وہ ایک باغیچے میں بل بنا کر رہنے لگے۔ ان کے ہاں دس بچے پیدا ہوئے۔ چوہا اور چوہیا بہت خوش تھے۔ "جلد ہی ہم پورے محلے پر چھا جائیں گے۔" چوہے نے کہا: "اگرچہ ہمیں کوئی پسند نہیں کرتا ہے مگر مجھے اس کی کوئی پروا نہیں ہے۔ جب تک بلی ہمارے لیے کوڑے دانوں کے ڈھکن اٹھاتی رہے گی۔ ہمیں کھانے پینے کی کوئی تکلیف نہیں ہو گی لیکن جلد ہی محلے کے لوگ رات میں کوڑے دانوں کے ڈھکن گرنے کی آوازیں سن سن کر تنگ آ گئے۔ کچھ لوگوں نے رات کو گلی کی نگرانی کا فیصلہ کیا اور آخر کار مسٹر ولسن نے بلی کو پکڑ ہی لیا۔ "ارے! یہ تو مسز مائیک کی بلی ہے!" وہ چلائے: "انھیں اپنی بلی کو رات کے وقت گھر میں بند کر کے رکھنا ہو گا۔ ہم اسے اجازت نہیں دے سکتے کہ یہ روز رات میں ہمارے کوڑے دانوں کے ڈھکن اٹھا اٹھا کر پھینکے اور کوڑا بکھیر کر چلی جائے۔ ہرگز نہیں!"

محلے داروں نے مسز مائیک کو اپنا فیصلہ سنایا۔ لہٰذا مسز مائیک رات کے وقت اپنی بلی کو گھر میں بند کر کے رکھنے پر مجبور ہو گئیں اور یوں رات کو محلے کے کوڑے

دانوں کے ڈھکن گرانے اور کھانا چرانے کا سلسلہ بند ہو گیا۔ جب رات کو چوہا گلی میں نکلا تو یہ دیکھ کر سخت حیران اور غصہ ہوا کہ تمام کوڑے دانوں کے ڈھکن اپنی جگہ پر لگے ہوئے ہیں۔ وہ خود سے انھیں ہٹانے کے قابل نہیں تھا۔ لہٰذا وہ اپنے اور بیوی، بچوں کے لیے کھانا تلاش نہ کر سکا۔ "اس کا کوئی فائدہ نہیں کہ ہم بلی کے پاس یہ پوچھنے کے لیے جائیں کہ اب وہ راتوں کو کوڑے دانوں میں کھانا ڈھونڈنے کیوں نہیں جاتی۔" اس نے چوہیا سے کہا۔ "وہ الٹا مجھ پر ہی جھپٹ پڑے گی۔ سب بلیلاں ایسی ہی ہوتی ہیں۔"

"اچھا خیر! پھر کھانا ڈھونڈنے کے لیے تمہیں خود باہر نکلنا پڑے گا۔" چوہیا نے کہا: "ہمارے دس بچے ہیں اور ان کا پیٹ بھرنا مشکل کام ہے۔ جاؤ جاکر اچھی طرح باہر کھانا تلاش کرو۔" چوہے نے ساری رات کھانا تلاش کیا مگر وہ صرف آلو کے کچھ پرانے چھلکے ہی ڈھونڈ سکا۔ "یہ ہمارے بڑے کنبے کا پیٹ بھرنے کے لیے کافی نہیں!" چوہیا نے کہا۔ "ہمیں اس سے زیادہ محنت کرنی ہو گی۔ کیا تم کچھ چوزے یا بطخ کے بچے تلاش نہیں کر سکتے؟ اگر آس پاس کوئی فارم ہے تو وہاں جاکر دیکھو۔"

اب سنیے! ٹام کے والد کا فارم چوہے کے گھر سے بہت نزدیک تھا۔ ٹام کو فارم پر رہنے والے گھوڑے، گائے، بھیڑ، بطخ اور مرغیوں سمیت تمام جانوروں سے پیار تھا۔ اس سال اس کی بطخ نے دس بچے دیے تھے۔ جو ایک ڈبے میں اپنی ماں کے ساتھ رہتے تھے اور ایک رات چوہے نے ان کی بو پالی۔ وہ پنجوں کے بل چلتا ہوا دڑبے کے قریب گیا اور اپنی ناک دڑبے کی جالیوں سے لگا دی۔ بطخ نے فوراً اپنی چونچ ماری اور وہ پیچھے ہٹ گیا۔ گھر واپس جاکر اس نے چوہیا کو بتایا: "وہاں باڑے پر

بطخ کے بچے ہیں، ایک بے وقوف بطخ ان کی نگران ہے۔ میں جلد ہی ان سب کو حاصل کرلوں گا۔"

چوہا بہت عیار اور مکار تھا۔ اس نے دڑبے کی پچھلی سمت ایک چھوٹا سا سوراخ تلاش کرلیا اور وہاں سے جالی کترنے گا۔ بطخ کوئی آواز نہ سن سکی۔ جب وہ سوراخ اتنا بڑا ہو گیا کہ چوہا اندر گھس سکے تو اس نے جھپٹا مار کر ایک ننّے بچے کو دبوچ لیا۔ بچہ خوف سے چلایا مگر اس سے پہلے کہ ماں کچھ کر سکتی، چوہا بچے کو لے کر فرار ہو چکا تھا۔ اس رات وہ تین بچے لے گیا۔ بے چاری بطخ دڑبے میں ادھر سے ادھر دوڑتی بھاگتی اور چیختی رہی مگر وہ مکار چوہے کا کچھ نہیں بگاڑ سکی۔

جب اگلے دن ٹام بطخ کے بچے دیکھنے گیا تو وہاں صرف سات بچے رہ گئے تھے۔ وہ بہت پریشان ہوا۔ تین بچے کہاں گئے؟ کیا کوئی چوہا انھیں لے گیا؟ اس نے دڑبہ اٹھا کر دوسری جگہ رکھ دیا مگر چوہے نے جلد ہی نئی جگہ بھی تلاش کرلی۔ ہفتے کے آخر تک ایک بچہ بھی نہ بچ سکا۔ چوہے نے سب شکار کرلیے۔ ٹام آنکھوں میں آنسو بھر کر اپنی امی کے پاس گیا۔ "امی! میرے سارے چوزے چوہا لے گیا۔ وہ اتنے پیارے بچے تھے۔ میں نے تو سوچا تھا کہ جب وہ بڑے ہو کر انڈے دیں گے تو میں انھیں فروخت کروں گا۔"

"مجھے بھی افسوس ہے ٹام!" اس کی امی نے کہا۔ "یہ میرے ساتھ ظلم ہے!" ٹام نے آنسو بہاتے ہوئے کہا۔ "میں نے آخر ایسا کیا کیا تھا۔ میرے ساتھ اتنا بُرا ہوا۔ میں نے تو کبھی کسی کے ساتھ برا نہیں کیا۔"

ٹام یہ کہتے ہوئے بھول گیا تھا کہ اس نے کچھ عرصے پہلے ہی مسز مائیک کی

ٹوکری سے چاکلیٹ چرا کر برائی کا آغاز کیا تھا۔ وہ یہ بھی بھول گیا تھا کہ مسز مائیک نے، مسز جیک کے کتے کو چاکلیٹ چرانے کے جرم میں کس بے دردی سے مارا تھا اور وہ خاموشی سے کھڑا تماشا دیکھتا رہا تھا۔ اسے اندازہ نہیں تھا کہ اس لڑائی کی وجہ سے مسز جیک، مسز مائیک کی بلی کے لیے مچھلی کی آلائش دینا بند کر دیں گی جس کی وجہ سے ان کی بلی لوگوں کے کوڑے دانوں کے ڈھکن الٹ کر کھانا ڈھونڈنا سیکھ لے گی۔ وہ یہ بھی نہیں جانتا تھا کہ ایک چوہا ان کے محلے میں آجائے گا اور کھلے ہوئے کوڑے دانوں میں موجود کھانا پا کر شادی کرے گا اور اس کھانے پر ایک بڑے خاندان کی پرورش شروع کرے گا۔ ٹام یہ اندازہ نہیں لگا سکتا تھا کہ جب بلی کو رات کے وقت گھر میں بند کر دیا جائے گا تو وہ کوڑے دان نہیں کھول سکے گی اور چوہے کو اپنے خاندان کا پیٹ بھرنے کے لیے اس کے باڑے کا رخ کرنا پڑے گا اور یوں برائی کے اس سفر کا انجام اس کے چوزوں کی موت پر ہو گا۔

بے چارہ ٹام! وہ واقعی نہیں جانتا تھا کہ ایک برائی دوسری بہت سی برائیوں کا راستہ کھول دیتی ہے اور گھوم پھر کر اس برے کام کے نتائج آخر اسی شخص کو بھگتنا پڑتے ہیں جس نے برائی کا آغاز کیا ہوتا ہے۔ میرا خیال ہے کہ مجھے ایک اچھے کام کی بنیاد رکھنی چاہیے تاکہ واپس پلٹ کر بھی آخر کار میرے پاس اچھائی ہی آئے، برائی نہیں!! آپ کا کیا خیال ہے؟

***

۶

تبدیلی کا سفر

احمد عدنان طارق

اس بونے کا نام سیمی تھا۔ وہ آج بہت خوش تھا۔ اس نے پچھلے دنوں خاصے پیسے بچائے تھے۔ اب وہ اپنی سواری کے لیے ایک سفید خرگوش خریدنے کے بارے میں سوچ رہا تھا۔ ایک دن وہ بازار گیا اور اس نے ایک سفید خرگوش خریدا۔ خرگوش ریشم کی طرح نرم جلد والا اور برف کی طرح سفید تھا۔ وہ اس پر سوار ہو گیا تاکہ گھر واپس جا سکے۔ اس نے خرگوش کو ایڑ لگائی تو وہ جنگل میں قلانچیں بھرنے لگا۔

سیمی کو بہت مزا آرہا تھا۔ راستے میں وہ ایک اور بونے بنٹی سے ملا۔ جس نے ہاتھوں میں ایک بڑی پیاری رنگ برنگی مرغی تھامی ہوئی تھی۔ سیمی خرگوش سے اترا اور مرغی کو حیرت سے دیکھنے لگا۔

"یہ بڑی پیاری مرغی ہے۔" بنٹی اسے بتانے لگا۔ "یہ بڑی خاص مرغی ہے کیونکہ یہ ایک انڈہ روزانہ ناشتے کے وقت دیتی ہے۔ ایک چائے کے وقت اور اگر چائے کے وقت کوئی دوست آجائے تو اس کے لیے ایک مزید انڈہ بھی دے دیتی ہے۔" سیمی حیران تھا۔ اس نے اتنی اچھی مرغی کے بارے میں کبھی نہیں سنا تھا۔

اس کا دل مرغی کے لیے مچلنے لگا۔ اس نے بنٹی سے کہا۔

"دیکھو یہ میرا نیا خرگوش ہے۔" بنٹی نے اسے دیکھا اور کہنے لگا۔ "بہت عمدہ ہے لیکن یہ انڈے نہیں دے سکتا۔" سیمی اب پریشان لگ رہا تھا، بولا: "نہیں یہ انڈے تو نہیں دے سکتا۔" بنٹی کہنے لگا۔ "ذرا دیکھو! مجھے پتا ہے تمھیں انڈے کھانا بہت پسند ہے اور تم میرے بہترین دوست بھی ہو میں اپنی مرغی کا تبادلہ تمھارے خرگوش سے کر لیتا ہوں۔ اگر تم پسند کرو تو اس تبادلے سے تمھیں ہر روز انڈے کھانے کو ملیں گے۔" سیمی نے انڈوں کے بارے میں سوچا تو اس کے منھ میں پانی بھر آیا۔ وہ خرگوش سے اور پرے ہو گیا اور کہنے لگا: "میں خوشی سے تبادلہ کروں گا۔ اپنی مرغی مجھے دے دو۔" بنٹی نے اپنی مرغی اس کے حوالے کر دی اور سیمی کے سفید براق خرگوش پر سوار ہو گیا۔ اس نے سیمی کو خدا حافظ کہا اور روانہ ہو گیا۔ سیمی نے مرغی بغل میں دبائی اور جنگل میں چلنے لگا۔ وہ مسلسل انڈوں کے بارے میں سوچ رہا تھا۔ اس کی ملاقات راستے میں ایک پری زاد شہریار سے ہوئی۔ شہریار نے رک کر اسے سلام کیا۔ سیمی نے اس سے کہا۔

"سہ پہر بخیر! ذرا میری پیاری مرغی کو دیکھو۔ یہ ایک انڈا ناشتے کے وقت اور ایک چائے کے وقت دیتی ہے اور اگر چائے پر کوئی دوست آجائے تو اس کے لیے ایک اضافی انڈہ بھی دے دیتی ہے۔ کیسی ہے؟" شہریار بولا: "کیا بات ہے۔ ہر روز انڈے ملیں تو مزا آجائے لیکن کچھ دنوں کے بعد تمھیں اکتاہٹ ہو جائے گی۔" سیمی فوراً بولا۔

"نہیں نہیں ایسا نہیں ہو سکتا۔" شہریار بولا۔

"ایسا ضرور ہو گا۔ اب ذرا دیکھو! میرے پاس کیا ہے؟ یہ دن میں دو انڈوں سے کہیں بہتر ہے۔" اس نے اپنا ہاتھ جیب میں ڈالا اور اس میں سے ایک چھوٹا سا چوہا نکالا۔ جو اپنی سیاہ آنکھیں جھپک جھپک کر سیمی کی طرف دیکھ رہا تھا۔ سیمی بے اختیار بولا: "بڑا ننھا منا سا چوہا ہے۔ لیکن ایک ننھے منے چوہے کا کیا فائدہ ہو سکتا ہے؟" شہریار بولا۔

"میں تمھیں سمجھاتا ہوں۔ یہ فرش پر پڑے ہوئے روٹی اور ڈبل روٹی کے تمام ٹکڑے ہڑپ کر جاتا ہے اور پھر فرش کو جھاڑو سے صاف کرنے کی ضرورت نہیں رہتی۔ کیا یہ مزے کی بات نہیں ہے۔ اچھے خاصے کام کرنے سے بچت ہو جاتی ہے۔ کیوں ہے نا؟"

اب حقیقت یہ تھی کہ سیمی کھانا کھاتے وقت روٹی کے ٹکڑے زمین پر گراتا تھا۔ ہر کھانے کے بعد اس کے نزدیک ڈبل روٹی کے چورے کا ڈھیر لگا ہوتا تھا۔ اسے چوہے کا فائدہ سن کر اس میں دلچسپی ہونے لگی۔ شہریار جانتا تھا کہ سیمی کیا سوچ رہا ہے۔ اس نے کہا۔

"سیمی سنو۔ تم میرے سب سے اچھے دوست ہو۔ اس لیے میں صرف تمھارے لیے ہی ایسا کر سکتا ہوں کہ تمھیں تمھاری مرغی کے بدلے میں اپنا چوہا دے دوں۔ جس کے بعد تمھیں گھر میں فرش صاف کرنے کے لیے جھاڑو نہیں پھیرنی پڑے گی۔" سیمی نے اپنی مرغی شہریار کے حوالے کی اور بولا: "ٹھیک ہے۔ میں تبادلے کے لیے تیار ہوں۔ اپنا چوہا مجھے دے دو۔" لہٰذا شہریار نے اپنا چوہا سیمی کو دے دیا۔ اس کی مرغی لی اور اسے خدا حافظ کہہ کر اپنے راستے پر ہو لیا۔ سیمی بھی

جیب میں چوہے کو ڈالے جنگل میں آگے بڑھ گیا۔ وہ سوچ رہا تھا کہ شکر ہے فرش صاف کرنے سے جان چھوٹی۔ پھر وہ راستے میں ایک بالشتے نامی سے ملا جو منہ سے ایک بانسری لگائے کوئل کی طرح کو کو کر رہا تھا۔ سیمی نے اسے سلام کیا اور اسے کہنے لگا۔

"ذرا میرا چوہا دیکھنا۔ یہ میری کھانے کی میز پر گرے ہوئے تمام ڈبل روٹی کے چورے کو کھالیا کرے گا۔ جس سے مجھے صفائی نہیں کرنی پڑے گی۔ کیسا ہے!!" بالشتیا نامی کانوں کو ہاتھ لگاتے ہوئے بولا۔

"توبہ توبہ میں تو کبھی چوہا نہ پالوں خصوصاً جب تمھارے گھر کے پڑوس میں ایک جادوگرنی رہتی ہو اور جس کے پاس اس کی پالتو بلی ہو۔ اسے چوہے کی خوشبو آگئی تو وہ دس منٹ میں اسے چٹ کر جائے گی۔" سیمی یہ سن کر پریشان ہو کر بولا:" میں نے تو اس بارے میں سوچا ہی نہیں۔ اب میں کیا کروں۔" نامی نے بانسری بجائی تو ایسا لگا جیسے کوئی بلبل گا رہی ہو۔ سیمی متاثر ہو کر بولا۔ "کمال کی دُھن ہے۔ جب میں تمھیں ملا تو بانسری سے کوئل کو کو کر رہی تھی اب بلبل کی آواز نکل رہی ہے۔" نامی نے دوبارہ بانسری بجائی تو چڑیوں کے چہچہانے کی آواز آنے لگی۔ سیمی حیران ہو کر سنتا رہا۔ وہ ٹھنڈی سانس بھر کر بولا:"کاش اس چوہے کے بجائے میرے پاس یہ بانسری ہوتی۔" یہ سن کر نامی ہنسنے لگا۔ وہ بولا:"تم میرے سب سے پیارے دوست ہو۔ میں تمھیں اپنی بانسری دیتا ہوں اور تم مجھے اپنا چوہا دے دو۔" سیمی نے خوش ہو کر اپنا چوہا نامی کے حوالے کر دیا۔ نامی نے اسے بانسری دی اور چوہا اپنی جیب میں ڈالا۔ سیمی کو خدا حافظ کہا اور دوڑ کر جنگل میں غائب ہو گیا۔

سیمی بھی جنگل میں آگے چل پڑا۔ اس نے بانسری کو ہار کی طرح گلے میں لٹکا لیا۔ وہ ابھی تک پرندوں کی مترنم آوازوں سے مسحور تھا راستے میں وہ تزئین کو ملا جو ایک پری تھی۔ وہ سیمی کو دیکھ کر رکی اور اسے سلام کیا۔ سیمی نے سلام کا جواب دیا اور کہنے لگا۔ "ذرا میری پیاری بانسری کو دیکھنا۔ یہ کسی بھی پرندے کی آواز نکال سکتی ہے۔ ہے نا عجیب و غریب چیز؟" لیکن تزئین نے بانسری کے متعلق خاص رغبت کا اظہار نہ کیا وہ بولی: "کوئی زیادہ خوشی نہیں ہوئی۔ پرندوں کی آوازوں سے تمھارا کیا فائدہ ہے۔ تمھیں پوری محنت سے سانس کھینچنا پڑتا ہے جس سے بہت بھوک لگتی ہے۔" سیمی پھر پریشان ہو گیا۔ وہ بولا: "کیا واقعی ایسا ہوتا ہے۔ مجھے تو ابھی بھی بھوک محسوس ہو رہی ہے لیکن اب تو میرے پاس کھانا کھانے کے لیے بھی پیسے نہیں ہیں۔" تزئین بولی۔ "دیکھو میرے پاس کیا ہے؟" اس نے ایک ڈبہ نکالا اور اسے کھولا۔ سیمی نے دیکھا تو اس میں ایک فولاد سے بنی سوئی تھی۔ یہ دیکھ کر سیمی بولا۔

" یہ تو ایک معمولی سوئی ہے۔" تزئین نے اسے بتایا۔ "غور سے سنو! یہ بہت ہی غیر معمولی سوئی ہے۔ یہ جرابوں اور عام کپڑوں میں ہونے والے سوراخوں کو خود بخود سی دیتی ہے۔ اب اس کے بارے میں تمھارا کیا خیال ہے؟" یہ سن کر سیمی کی نظروں کے سامنے اس کے گھر میں پڑے ہوئے تمام پھٹے ہوئے کپڑے گھوم گئے۔ وہ بولا: "واقعی ایسا ہوتا ہے۔ اب میں سوچ رہا ہوں کہ کاش اتنی فائدہ مند چیز میرے پاس ہوتی۔"

تزئین پری یہ سن کر بولی: "تم میرے اچھے بھائی ہو میں تمھیں تمھاری مشکل

کا حل بتاتی ہوں۔ میں تمھاری بانسری لے لیتی ہوں اور اس کے بدلے میں اپنی سوئی تمھیں دے دیتی ہوں۔" سیمی نے خوشی خوشی اپنی بانسری پری کے حوالے کی اور اس سے سوئی لے لی۔ پھر پری نے اسے خدا حافظ کہا اور اُڑ گئی۔ سیمی پھر جنگل میں روانہ ہو گیا۔ وہ اب کپڑوں کی خود بخود سلائی کے بارے میں سوچ رہا تھا۔ وہ سوچنے میں اتنا مصروف تھا کہ چلتے ہوئے اس نے راستے کا خیال نہیں رکھا اور راستے میں بھٹک گیا۔ وہ شدید پریشانی میں بولا: "اوہو یہ نئی مصیبت ہے۔ میں نے راستہ کھو دیا ہے۔ رات ہونے کو ہے اور مجھے سردی بھی لگ رہی ہے۔ میں بھوکا ہوں۔ اب میں کیا کروں۔" وہ خاصی دیر جنگل میں راستہ تلاش کرنے کی کوشش کرتا رہا۔ وہ بہت پریشان اور تھکا ہوا تھا۔ ارد گرد کسی کی رہائش نہیں تھی اور نہ ہی کوئی اسے راستے میں ملا۔ آخر کار وہ ایک پتھر پر بیٹھ گیا اور بے اختیار رونے لگا۔

ایک بوڑھی جادوگرنی جو اپنی اُڑنے والی جھاڑو پر سوار تھی اسے روتا دیکھ کر نیچے اتری اور اس سے مسئلہ پوچھنے لگی۔ سیمی نے اسے بتایا۔ "میں گم ہو گیا ہوں۔ میں ہوائی پہاڑی پر رہتا ہوں اور اب وہاں تک پہنچنے کا راستہ نہیں جانتا کیا تم مجھے جھاڑو پر بٹھا کر گھر چھوڑ دو گی۔"

جادوگرنی بولی: "اس بارے میں مجھے سوچنا پڑے گا لیکن اگر میں تمھارا کام کروں تو اس کے بدلے میں تم مجھے کیا دو گے۔" سیمی نے پوچھا۔ "کیا تم کچھ لیے بغیر میرے ساتھ نیکی نہیں کر سکتیں۔"

جادوگرنی بولی: "میں نیک جادوگرنی نہیں ہوں۔ نیک لوگ ہی ہمدردی کرتے ہیں۔ اگر تمھارے پاس ایک چاندی کا سکہ ہے تو میں تمھیں تمھارے گھر چھوڑ دیتی

ہوں۔"

سیمی بولا: "میرے پاس پھوٹی کوڑی بھی نہیں ہے میں نے تمام رقم بازار میں خرچ کردی تھی۔" جادوگرنی کے پوچھنے پر اس نے خرگوش کے خریدنے سے لے کر سوئی کے تبادلے تک اسے تمام روداد بتادی۔ اس نے جادوگرنی کو سوئی دکھائی جادوگرنی کی آنکھیں سوئی کو دیکھ کر چمکنے لگیں۔

وہ بولی: "اس سوئی کے بدلے میں تمھیں گھر چھوڑ دیتی ہوں۔" سیمی نے انکار کرتے ہوئے اسے کہا کہ اسے سوئی کی ضرورت ہے۔ جادوگرنی نے شانے اُچکاتے ہوئے لاپروائی سے کہا: "ٹھیک ہے تو پھر میں چلتی ہوں۔" یہ کہہ کر وہ چھلانگ لگا کر جھاڑو پر سوار ہوگئی۔ یہ دیکھ کر سیمی بے چین ہو کر چلایا۔ "رکو۔ رکو۔ مجھے چھوڑ کر نہ جاؤ۔ میں تمھیں اپنی جادو کی سوئی دے دیتا ہوں۔ بس تم مجھے میرے گھر پہنچادو۔" جادوگرنی نے اس سے سوئی لی۔ اُسے جھاڑو پر بیٹھنے کے لیے کہا اور پھر جھاڑو انھیں لے کر ہوا میں بلند ہوئی اور طوفانی رفتار سے سفر کرنے لگی۔

سیمی جھاڑو کو پورے زور سے پکڑ کر بیٹھا ہوا تھا۔ اسے جھاڑو پر سفر کرنے کا ذرا بھی تجربہ نہیں تھا اور وہ بہت خوفزدہ بھی تھا۔ وہ سوچ رہا تھا کہ گھر پہنچے کے لیے اس سے زیادہ اذیت ناک طریقہ اور کوئی نہیں ہوسکتا۔ آخر کیوں اس نے خرگوش کا تبادلہ کیا جو اسے بڑے آرام سے گھر چھوڑ سکتا تھا۔ وہ آگے کی طرف سفر کرتے رہے اور ہوا سیمی کے کانوں میں سیٹیاں بجاتی رہی۔ اسے اپنا سانس بند ہوتا محسوس ہو رہا تھا اور پھر سیمی کی پسندیدہ ٹوپی اس کے سر سے اُڑی اور ہمیشہ کے لیے اندھیرے میں گم ہوگئی۔

سیمی نے بے چارگی سے سوچا کہ ابھی پچھلے ہفتے ہی تو اس نے یہ ٹوپی بے حد پسند کر کے خریدی تھی لیکن میں تو جادو گرنی کو رکنے کا بھی نہیں کہہ سکتا کیونکہ کہیں وہ اسے پھر چھوڑ کر نہ چلی جائے۔ لہٰذا وہ چپ چاپ بیٹھا رہا۔ پھر سیمی کو یوں لگا کہ سردی سے اس کے ہاتھ اتنے ٹھنڈے ہو گئے ہیں کہ وہ گرنے لگا ہے اسی وقت اسے نیچے ہوائی پہاڑی نظر آئی۔ جھاڑو نیچے اُتر آئی۔ اب سیمی گھر میں تھا۔ اس سے پہلے کہ وہ کچھ بولے۔ جادو گرنی پھر فضا میں بلند ہو چکی تھی اور جادو کی سوئی ساتھ لے گئی تھی۔

سیمی بہت افسردہ تھا۔ وہ اپنے خوابوں میں پچھتاتا رہا کہ کیوں اس نے خرگوش چھوڑا جو اسے گھر لا سکتا تھا۔ مرغی سے اسے انڈے کھانے کو مل سکتے تھے۔ چھوٹا چوہا صفائی میں اس کی مدد کر سکتا تھا۔ بانسری سے پرندوں کی خوبصورت آوازیں سن سکتا تھا۔ اور سوئی سے پھٹے کپڑے سی سکتا تھا۔ پھر وہ اچانک اٹھ کر بیٹھ گیا۔ اس کی آنکھوں میں شرمندگی کے آنسو تھے۔ وہ بولا: میں ہمیشہ میانہ روی سے کام لوں گا اور خدا نے جو عنایت کر دیا اسی سے کام چلاؤں گا۔

***

۷

پر اسرار ہم سفر

مصنف: عبد اللہ الکبیر

ترجمہ: محمد فیصل علی

امین اپنے والد صاحب کے قریب بیٹھا آنسو بہا رہا تھا جو کہ بستر مرگ پہ پڑے کراہ رہے تھے۔ ان کی سانسیں اکھڑ رہی تھیں۔ وہ زیرِ لب کلمہ پڑھ رہے تھے۔ پھر ان کی آواز سنائی دی اور وہ وصیت کرتے ہوئے بولے:

"میرے بیٹے! میرا آخری وقت آچکا ہے، اپنا۔۔۔ ہمیشہ۔۔۔ خیال۔۔۔۔۔"

ان کے الفاظ درمیان میں رہ گئے اور ان کی گردن ایک طرف ڈھلک گئی۔ امین کی دنیا اجڑ چکی تھی۔ وہ زار زار رونے لگا۔ اسی اثناء میں اس پہ غشی سی طاری ہوگئی اور اسے اونگھ آگئی۔ تب اس نے ایک خواب دیکھا۔ اس نے دیکھا سورج، چاند اور ستارے اس کی طرف دیکھ کر مسکرا رہے ہیں اور ان کے ساتھ ہی ایک خوب صورت آدمی ہے جو ہنس رہا ہے، پھر امین کو اپنے والد نظر آئے جو اس آدمی کی طرف اشارہ کرتے ہوئے کہہ رہے ہیں کہ "یہ تمھارا انعام ہے، نیکی

کا انعام!۔" اچانک امین کی آنکھ کھل گئی تو اس نے خود کو اپنے والد صاحب کی میت کے ساتھ اکیلے پایا۔ اس نے خواب کو ذہن میں دہرایا اور پھر تجہیز و تکفین کے کاموں میں لگ گیا۔ اب وہ اتنے بڑے گھر میں اکیلا ہو کر رہ گیا تھا، لہٰذا چند دنوں کے بعد ہی اس کا جی اکتا گیا۔ اس نے وہ گھر بیچا اور کسی اور شہر کی طرف چل پڑا۔

امین مسکین صورت بنائے اپنے سفر پہ رواں دواں تھا۔ اس وقت وہ ایک بستی سے گزر رہا تھا۔ اچانک اس نے ایک عجیب منظر دیکھا۔ وہ منظر دیکھ کر اس کا غصہ آسمان کو چھونے لگا۔ اس نے دیکھا کہ دو آدمی قبرستان سے ایک میت کو اس کی قبر سے نکال کر گھسیٹ رہے تھے، اس کے ساتھ ساتھ ان کے منھ سے گالیاں بھی نکل رہی تھیں۔ امین سے رہا نہ گیا۔ وہ زور سے بولا:

"ارے احمقو! یہ کیا کر رہے ہو؟ رک جاؤ۔"

اس کی بات سن کر دونوں شریر آدمی اس کی طرف مڑے اور کہا:

"اپنی شکل گم کرو میاں، ورنہ لینے کے دینے پڑ جائیں گے۔"

امین نے آگے بڑھتے ہوئے قدرے سخت لہجے میں کہا:

"میرے ہوتے ہوئے تم اس میت کی بے حرمتی نہیں کر سکتے، تمھیں جو کچھ چاہیے مجھ سے لے لو۔"

یہ سن کر دونوں حیران ہو گئے، پھر ان میں سے ایک بولا:

"تمھیں پتہ ہے؟، اس نے ہمارا قرض دینا ہے، کیا تم وہ ادا کرو گے؟"

"ہاں میں تیار ہوں۔"

امین نے اپنے کندھے پہ لٹکے تھیلے سے اشرفیوں کی تھیلیاں نکالتے ہوئے

کہا۔ یہ دیکھ کر دونوں شریر آدمیوں کی آنکھیں چمک اٹھیں، انھوں نے منھ مانگی رقم کا مطالبہ کیا اور رقم اینٹھ کر چلتے بنے۔ امین نے اس شخص کی میت کو دوبارہ قبر میں اتارا، زمین برابر کر دی اور وہاں بیٹھ کر اس کے لیے دعائے مغفرت کرنے لگا۔ یہ نیکی کرنے کے بعد اس کا دل سکون سے بھر گیا تھا۔ اب وہ آگے بڑھ گیا۔ اس کا گزر ایک جنگل سے ہو رہا تھا، یہاں چاروں طرف گھنے گھنے درخت تھے۔ امین کافی دور تک رکے بغیر چلتا چلا گیا، یہاں تک کہ وہ تھک گیا اور ایک جگہ سستانے کے لیے رکا۔ اس نے درخت کی ٹیک لگالی اور آنکھیں بند کر لیں، اچانک اس کے کانوں میں ایک آواز پڑی۔

"بھائی کہاں جا رہے ہو؟"

امین نے چونک کر آنکھیں کھولیں اور دیکھا تو اس کے سامنے ایک خوب صورت نوجوان کھڑا مسکرا رہا تھا، اسے دیکھ کر امین حیرت سے اچھل پڑا، یہ تو وہی نوجوان تھا جسے امین نے خواب میں دیکھا تھا۔

"آپ کون ہیں؟" امین نے فوراً سوال کیا۔

"میرا نام اعظم ہے، میں بھی آپ کی طرح مسافر ہوں، اگر ہم اکٹھے سفر کریں تو سفر بھی اچھا کٹ جائے گا اور ہم ایک دوسرے کا خیال بھی رکھ سکیں گے، کیا خیال ہے؟" اس نے پر خلوص لہجے میں کہا۔

"جی جی کیوں نہیں، اندھا کیا چاہے دو آنکھیں، مجھے آپ کا ساتھ قبول ہے۔"

امین نے کہا تو وہ نوجوان مسکرا دیا۔ ابھی وہ یہ بات کر ہی رہے تھے کہ اچانک انھیں ایک چیخ سنائی دی۔ آواز قریب ہی سے آئی تھی۔ انھوں نے چونک کر دیکھا

توکچھ فاصلے پر ایک بڑھیا گری ہوئی نظر آئی۔ اس نے لکڑیوں کا گٹھا بھی اٹھایا ہوا تھا، جو اس وقت ایک طرف گرا ہوا تھا اور وہ اپنے پاؤں کو پکڑے چلائے جا رہی تھی۔ یہ دیکھ کر امین اس کی مدد کو دوڑا، اعظم نے بھی اس کی پیروی کی تھی۔

"کیا ہوا اماں جی؟ اٹھیں، میں آپ کی مدد کرتا ہوں۔"

امین نے ان کی طرف اپنا ہاتھ بڑھایا۔ بڑھیا نے ہلنے کی کوشش کی مگر وہ اٹھ نہ سکی اور پھر پاؤں کو دیکھ کر بولی:

"لگتا ہے میرا پاؤں ٹوٹ گیا ہے۔"

"اوہ" امین نے کے منہ سے نکلا۔ ایسے میں اعظم آگے بڑھا اور کہا:

"بی اماں، میرے پاس ایک جادو اثر مرہم ہے جو آپ کے ٹوٹے ہوئے پاؤں کو ابھی ٹھیک کر دے گا لیکن۔۔۔۔۔"

"لیکن کیا؟" بڑھیا نے قدرے حیرت سے پوچھا۔

"لیکن یہ کہ مجھے بدلے میں یہ تین پھول چاہئیں۔" اعظم نے کہا تو امین کے ساتھ ساتھ بڑھیا بھی چونک گئی اور اسکی نگاہ بے اختیار ان تین پھولوں کی طرف اٹھ گئی جو اس کی قمیص کی سامنے والی جیب میں اڑسے ہوئے تھے۔

"بیٹا! تم نے کافی مہنگی اور قیمتی چیز مانگ لی ہے، لیکن فکر نہ کرو، میں یہ تمھیں دینے کو تیار ہوں، بس تم میرا پاؤں ٹھیک کر دو۔"

بڑھیا نے کہا تو اعظم مسکرا دیا، اس نے اپنے تھیلے سے ایک ڈبیا نکالی اور اس میں موجود مرہم بڑھیا کے پاؤں پہ لگایا، مرہم لگاتے ہی وہاں سے ہلکی ہلکی روشنی سے پھوٹتی نظر آئی اور پھر بڑھیا کے چہرے پہ حیرت پھیل گئی، اس نے اپنے پاؤں کو ہلایا

جلایا اور پھر وہ اٹھ کھڑی ہوئی۔

"یہ تو کمال ہے۔"

اس کے منھ سے نکلا، اس کا پاؤں اب بالکل ٹھیک ہو گیا تھا، ایسے میں اعظم نے اپنے ہاتھ اس کی طرف بڑھائے، بڑھیا اس کا مطلب سمجھ گئی اور وہ تینوں پھول اس کی طرف بڑھا دیئے، اس کے بعد وہ اپنی لکڑیاں اٹھائے چل دی اور وہ دونوں مسافر بھی اپنا سامان اٹھائے آگے کی طرف بڑھ گئے، امین اپنے انوکھے ہم سفر کو حیرت سے دیکھ رہا تھا، اسے وہ آدمی غیر معمولی لگ رہا تھا۔

"کیا ہم یہ نیکی کسی معاوضے کے بغیر نہیں کر سکتے تھے؟"

امین نے ناخوش گوار لہجے میں کہا۔ اعظم خاموش رہا اور اس نے کوئی جواب نہ دیا۔ وہ اسی طرح چلتے گئے حتیٰ کہ شام ہو گئی، اب ان کے سامنے ایک سرائے تھی۔

"یہاں چلتے ہیں دوست!" اعظم نے کہا۔

"ٹھیک ہے!" امین نے مختصر سا جواب دیا اور وہ سرائے میں داخل ہوتے چلے گئے۔ فوراً ہی ایک آواز ان کے کانوں میں پڑی:

"آج آپ دیکھیں گے ایک عجیب و غریب کھیل، یہ کھیل ہے جو شیلے بھڑ کیلے پتلوں کا جسے پیش کریں گے محترم آکاش صاحب!"

یہ اعلان بار بار دہرایا جا رہا تھا، امین اور اس کے دوست نے کھانا کھایا اور پھر سرائے کے ایک کونے میں بنے ہال کی طرف بڑھے جو اس وقت لوگوں سے کھچا کھچ بھرا ہوا تھا، یہ سب لوگ ان پتلوں کا تماشا دیکھنے جمع تھے۔ اسٹیج کے پردے کے سامنے اس وقت دو پتلے بے جان انداز میں پڑے تھے، یہ کپڑے سے بنے ہوئے

تھے، ان کی سج دھج نرالی تھی جو دیکھنے والوں کو اپنی طرف متوجہ کر رہی تھی، تھوڑی دیر بعد ہی ہلکی ہلکی موسیقی بجنا شروع ہوگئی اور آکاش نے اسٹیج کے پیچھے بیٹھ کر ان پتلوں کی ڈوریں مخصوص انداز میں ہلانا شروع کر دیں۔ دیکھتے ہی دیکھتے بے جان پتلوں میں جان سی پڑ گئی۔ وہ یوں رقصاں ہوگئے، جیسے جیتے جاگتے انسان رقص کرتے ہیں، جیسے جیسے موسیقی تیز ہو رہی تھی ویسے ویسے رقص بھی تیز ہو رہا تھا، اسی اثنا میں ایک اندوہ ناک واقعہ ہوا، وہ یہ کہ تماشا دیکھنے والوں میں سے ایک آدمی کا کتا بے قابو ہوا اور سیدھا اسٹیج پہ موجود ان پتلوں پہ جھپٹا، اگلے ہی لمحے ایک پتلا اس کے منھ میں دبا ہوا تھا۔ ہال میں دبی دبی چیخیں ابھریں اور موسیقی بھی تھم گئی۔ کتے کا مالک بھاگا بھاگا اسٹیج پہ پہنچا اور اپنے کتے کو ڈانٹنے لگا، پھر اس نے وہ پتلا اس کے منھ سے نکال کر اسٹیج پہ رکھا اور واپس مڑنے لگا، ایسے میں ایک بلند آواز آدمی نے اسے للکار کر روکا اور کہا:

"میرا نقصان کون پورا کرے گا؟" یہ آکاش تھا، ان پتلوں کا مالک، اس وقت اس کا چہرہ غصے سے لال ہو رہا تھا۔

"معذرت دوست! یہ بے زبان جانور نقصان پورا نہیں کر سکتا، البتہ اگر تم چاہو تو میں کوشش کر سکتا ہوں۔"

کتے کے مالک نے قدرے استہزائیہ لہجے میں کہا اور پھر ایک خنجر نکال کر اس کی طرف معنی خیز انداز میں اشارہ کیا، آکاش یہ دیکھ کر ڈر گیا اور اپنی ٹوٹے پھوٹے پتلے کو لے کر اسٹیج کے پیچھے غائب ہو گیا، اب لوگ بھی اٹھ کر جانے لگے، گویا معاملہ رفع دفع ہو گیا۔

"امین! میرے ساتھ آؤ۔" اعظم نے امین کے کندھے پہ ہاتھ رکھا اور اسٹیج کے پیچھے بنے کمرے کی طرف بڑھنے لگا، امین بھی اس کے پیچھے ہولیا، وہ چلتے چلتے ایک کمرے کے قریب پہنچ گئے، اندر سے رونے کی آوازیں آرہی تھیں، اعظم نے دروازے پہ دستک دی تو اندر یکلخت خاموشی سی چھاگئی، پھر تھوڑی دیر بعد دروازہ کھل گیا، ان کے سامنے آکاش کھڑا تھا، اس کا چہرہ رونے کی وجہ سے سرخ سا ہو رہا تھا۔

"جی فرمایئے!" اس نے استفسار کیا۔

"میں آپ کے پتلے کو ٹھیک کر سکتا ہوں۔" اعظم نے کہا۔

"وہ کیسے؟ یہ اب پہلے جیسا نہیں بن سکے گا۔" آکاش نے منہ بنایا اور دروازہ بند کرنے لگا۔

"رکو! یہ پہلے سے بھی بہتر بنے گا۔" اعظم مسکرایا۔

"مگر کیسے؟" آکاش نے بے یقینی کے عالم میں کہا۔

"میرے پاس جادو ہے۔" اعظم بھرپور انداز میں مسکرایا۔

"اور تم بدلے میں کیا معاوضہ لو گے؟ کتنے پیسے؟" آکاش نے الجھن بھرے انداز میں پہلو بدلا۔

"کچھ نہیں، بس مجھے تمہاری یہ تلوار چاہیے اور بس۔"

اعظم نے کمرے میں جھانک کر سامنے ہی لٹکی ایک تلوار کی طرف اشارہ کیا، جو خوب چمک رہی تھی۔ یہ سن کر آکاش کا چہرہ کھل اٹھا، جیسے یہ تلوار اس کے لیے اہم نہ ہو۔ اس نے وہ تلوار اٹھا کر اعظم کو پیش کر دی، اعظم نے تلوار لے لی

اور اپنے تھیلے سے وہ عجیب مرہم نکالا اور آکاش کے پتلے پر لگایا، اس مرہم کے لگتے ہی اس پتلے پہ روشنی سی پھیل گئی اور وہ پہلے جیسا ہو گیا، بلکہ اس کی چمک دمک پہلے سے بھی بڑھ چکی تھی، اب لگ ہی نہیں رہا تھا کہ اسے کبھی کتے نے چبایا یا بھنبھوڑا ہے۔ یہ دیکھ کر آکاش حیران رہ گیا، ادھر اعظم نے آکاش کو سلام کیا اور کمرے سے باہر نکلتا چلا گیا، امین بھی اس کے پیچھے تھا، وہ سوچ رہا تھا کہ یہ اعظم تو پر اسرار آدمی بنتا جا رہا ہے۔

وہ رات انھوں نے سرائے میں گزاری۔ اگلے روز طلوع آفتاب کے بعد وہ اپنے راستے پہ ہو لیے اور اپنا سفر شروع کر دیا، چند کوس بعد ہی انھوں نے ایک بڑے شہر کو اپنے سامنے پایا، اس شہر کی فصیلیں بہت اونچی تھیں، شہر سے باہر ایک بہت بڑی بطخ کا مجسمہ نصب تھا۔ یہ مجسمہ تو پتھر کا تھا مگر اس کے پر بہت خوب صورت تھے، اور یہ پر بالکل اصلی لگ رہے تھے۔ ان کی چمک دیکھ کر انسان حیران رہ جاتا تھا۔ وہاں سے گزرتے ہوئے اعظم نے ایک اور عجیب کام کیا، اس نے وہ تلوار نکالی اور آناً فاناً اس بطخ کے پر کاٹ کر اپنے تھیلے میں ڈال دیئے۔ امین نے کچھ پوچھنا چاہا مگر اعظم نے اسے چپ رہنے کا اشارہ کیا اور وہ کندھے اچکا کر رہ گیا۔

امین اور اعظم شہر میں داخل ہو گئے تھے۔ یہ شہر اس لحاظ سے بڑا عجیب وغریب تھا کہ وہاں کے ہر آدمی کے چہرے پہ ایک عجیب سی اداسی چھائی ہوئی تھی، زندگی کی خوشیاں اور رونقیں ان کے چہروں سے غائب تھیں۔ امین دل ہی دل میں کڑھ رہا تھا، وہ سوچ رہا تھا کہ آخر یہ ماجرا کیا ہے۔ اعظم نے شاید اس کی یہ کیفیت محسوس کر لی تھی۔ وہ بولا:

"تم اس ہوٹل میں چلو اور کمرے بک کروالو، میں ابھی آتا ہوں، ذرا شہر کے حالات معلوم کر آؤں۔"

"ٹھیک ہے۔" امین نے سر ہلایا۔

اعظم چلا گیا۔ تھوڑی دیر بعد اس کی واپسی ہوئی، امین نے اس کے چہرے پہ سوالیہ نظریں گاڑ دیں جیسے کچھ جاننا چاہتا ہو۔

"اس شہر کے بادشاہ کا نام "رامان" ہے۔ اس کا اکلوتا بیٹا "کاران" دشمن جادوگر کے قبضے میں ہے، اس جادوگر کے جادو کی وجہ سے پورا شہر بیمار رہتا ہے، یہاں کے ہر آدمی کے سر میں ہمیشہ درد رہتا ہے۔" اعظم نے بتایا۔

"اوہ" امین کے منہ سے نکلا۔

"عجیب بات اور ہے، کیا تم سننا چاہو گے؟" اعظم نے کہا تو امین چونک پڑا۔

"وہ کیا؟" اس نے بے تابی سے پوچھا۔

"وہ یہ کہ بادشاہ کا بیٹا جو جادوگر کے قبضے میں ہے، وہ قبضہ صرف اس کے دماغ پہ ہے، مطلب جادوگر نے بادشاہ کے بیٹے کو اغوا نہیں کیا، بلکہ صرف اس کے دماغ پہ قبضہ جمایا ہے، اب کاران اس جادوگر کا غلام ہے۔" اعظم نے نئی سنائی۔

"اس سے اس شریر جادوگر کا کیا مقصد ہو سکتا ہے؟" امین نے حیرت سے پوچھا۔

"میرے خیال میں وہ بادشاہ کے جانشین یعنی اس کے بیٹے کو قابو میں کرنا چاہتا ہے اور اسی کے ذریعے ہی وہ شہر کے لوگوں پر جادو کے گندے اثرات پھیلا رہا ہے۔" اعظم نے کہا۔

"عجیب، بہت ہی عجیب!! لیکن کیا اس کا کوئی توڑ بھی ہے؟" امین نے افسوس زدہ لہجے میں کہا۔

"توڑ تو ہے، اور اسی توڑ کو کرتے کرتے کئی افراد اپنی جان سے بھی گزر چکے ہیں۔" اعظم نے ہونٹ بھینچتے ہوئے کہا۔

"کیا کوئی خطرناک کام ہے کیا؟ کوئی طلسم ہفت شکل قسم کا؟" امین نے پوچھا۔

"ہاں ایسے ہی سمجھ لو، جادوگر کی طرف سے ایک اعلان ہے کہ جو کوئی اس کے تین سوالات کے جوابات دے دے گا، تو وہ اس سلطنت کا وزیر ہو گا اور اس کے وزیر بنتے ہی جادوگر اپنا طلسم بھی ختم کر دے گا۔" اعظم نے بتایا۔

"اوہ، اچھا، لیکن وہ کس طرح کے سوالات ہوں گے؟" امین نے سوچتے ہوئے کہا۔

"یہ اندازہ نہیں، سوال ہوتے تو جادوگر کی طرف سے ہیں لیکن یہ سوال شہزادہ کاران پوچھتا ہے، یقینی بات ہے کہ وہ جادوگر سے ہدایات لیتا ہو گا۔" اعظم نے خیال ظاہر کیا۔

"تو کیا خیال ہے؟ ہم قسمت آزمائی کریں؟" امین نے مسکراتے ہوئے کہا۔

"کیوں نہیں، ضرور، اور اس میں، میں تمہاری مدد کروں گا۔" اعظم پر اسرار انداز میں ہنسا۔

"مدد؟ کیسے؟" امین نے حیرانی سے پوچھا۔

"بس تم دیکھتے جاؤ، ابھی ہم بادشاہ کے دربار میں جا کر کاتبوں کو اپنا نام اور ضروری کوائف لکھوا لیتے ہیں کہ ہم بھی سوالوں کے جوابات دیں گے۔" اعظم نے

کہا تو امین نے سر ہلا کر اس کی تائید کی اور وہ دونوں چل پڑے۔

آدھی رات ہو چکی تھی۔ امین گہری نیند میں غرق تھا۔ اعظم بھی سویا ہوا تھا۔ ہر طرف خاموشی چھائی ہوئی تھی۔ اچانک اعظم اٹھ بیٹھا، اس کے ہونٹوں پہ ایک پراسرار مسکراہٹ تھی۔ وہ چپکے سے اٹھا، اس نے اپنا خاص تھیلا اٹھایا جس میں بڑھیا کے دیئے ہوئے پھول، وہ قیمتی تلوار اور بطخ کے پر تھے۔ وہ کمرے سے باہر نکل کر زینے کی طرف بڑھنے لگا، تھوڑی دیر بعد وہ چھت پر آ چکا تھا، اس نے جلدی سے اپنا تھیلا کھولا اور اس میں سے وہ کٹے ہوئے پر نکالے، اب اس نے پروں کو اپنے بازوؤں کے ساتھ لگایا اور انہیں مخصوص انداز میں حرکت دی، اگلے ہی لمحے وہ پر اس کے بازوؤں کے ساتھ مل چکے تھے اور اب وہ کسی پرندے کے حقیقی پروں کی طرح نظر آرہے تھے۔ اگلے ہی لمحے اعظم ان جادوئی پروں کے سہارے ہوا میں محوِ پرواز تھا۔ وہ بادشاہ کے محل کے ساتھ آ کر چھپ گیا۔ کچھ دیر بعد محل کی ایک کھڑکی کھلی اور وہاں سے ایک اڑن قالین برآمد ہوا۔ اس قالین پہ بادشاہ کا بیٹا شہزادہ کاران بیٹھا تھا۔ قالین اسے اڑاتے ہوئے ایک سمت میں لیے جارہا تھا۔ اعظم نے بھی مناسب فاصلے سے اس کا تعاقب شروع کر دیا۔ قالین کی منزل ریاست کا شمالی پہاڑی سلسلہ تھی۔ وہاں جا کر قالین رک گیا اور کاران اتر گیا۔ اس نے دائیں بائیں دیکھا اور ایک غار میں گھستا چلا گیا۔ اعظم بھی غار کے قریب ہو گیا، اس نے سنا اندر سے دو آوازیں آرہی تھیں:

"غلام حاضر ہے آقا!"

"کیا بات ہے؟"

دوسری آواز آئی جو یقیناً جادوگر کی تھی جب کہ پہلی کاران کی تھی۔

"ایک امین نامی نوجوان نے ہمارا چیلنج قبول کیا ہے، اس نے دستاویزات پہ دستخط بھی کیے ہیں اور۔۔۔" کاران کہتے کہتے رک گیا۔

"اور کیا؟" جادوگر کی غصیلی آواز سنائی دی۔

"اور یہ کہ اس کی ہاتھ کی پشت پہ دو ستارے نما نشانات بھی ہیں، یہ وہی نشانی ہے جو آپ نے بتائی تھی۔" کاران نے کہا۔

"اوہ، یہ نوجوان ہمارے لیے خطرہ بن سکتا ہے، میری معلومات کے مطابق اس پہ خیر کا سایہ ہے اور خیر کی روشنی اس کی مدد کر رہی ہے۔" جادوگر کی تشویش زدہ آواز سنائی دی۔

"تو پھر میرے لیے کیا حکم ہے؟ میں اس سے کیا سوال کروں؟" کاران نے پوچھا۔

"تم اس سے پوچھنا کہ وہ یہ بتائے کہ تم اس وقت کیا سوچ رہے ہو اور اس وقت تم اپنے ذہن میں اپنے جوتوں کے بارے میں سوچنا، مجھے یقین ہے وہ نہیں بتا پائے گا۔"

جادوگر نے کہا تو اعظم کے چہرے پہ مسکراہٹ پھیل گئی۔ اس نے فوراً واپسی کی راہ لی اور ہوٹل پہنچ کر اپنے بستر پر سو گیا۔ اگلی صبح جب امین مقابلے کے لیے جانے لگا تو اعظم نے کہا:

"دوست! رات میں نے ایک خواب دیکھا ہے اور میں اکثر سچے خواب ہی دیکھتا ہوں۔"

"اور وہ کیا ہے ؟" امین نے پوچھا۔

"خواب تمہارے مقابلے کے متعلق ہے، خواب یہ ہے کہ میں نے دیکھا کہ بادشاہ کا بیٹا تم سے پوچھے گا کہ تم یہ بتاؤ کہ وہ اس وقت کس چیز کے بارے میں سوچ رہا ہوں، اور یاد رکھو کہ وہ اپنے جوتوں کے بارے میں سوچ رہا ہو گا۔" اعظم نے اسے بتایا۔

"بھلا یہ بھی کوئی سوال ہے ؟ مجھے تو تم پہ ہنسی آ رہی ہے۔" امین نے اس کا مذاق اڑاتے ہوئے کہا اور اعظم مسکرانے لگا۔

جب وہ محل میں پہنچا تو شہزادے کاران نے سوال کیا:

"نوجوان! یہ بتاؤ کہ میں اس وقت کس چیز کے بارے میں سوچ رہا ہوں۔"

اس کے یہ الفاظ سن کر امین کا دماغ حیرت کی شدت سے گھومنے لگا، اس نے بڑی مشکل سے اپنی کیفیت پہ قابو پایا اور پر سکون آواز میں بولا:

"حضور! آپ اس وقت اپنے جوتوں کے بارے میں سوچ رہے ہیں۔"

امین کا یہ جواب سن کر شہزادہ حیرت سے اچھل پڑا اور وہ غصے کے عالم میں اٹھ کھڑا ہوا:

"کاتبو! لکھو، یہ پہلا جواب درست ہے، کل یہ نوجوان دوسرے سوال کا جواب دینے آئے گا۔"

کاران کی بات سن کر کاتبوں پر بھی سکتہ طاری ہو گیا۔ وہ چند لمحے تو پتھر کے بت بنے بیٹھے رہے، اس کے بعد وہ لکھنے لگے، ادھر نوجوان امین کا مارے خوشی کے چہرہ لال ہو رہا تھا۔ وہ خوش خوش ہوٹل میں واپس آ گیا۔ اگلی رات اعظم نے پہلے کی

طرح کاران کا تعاقب کیا اور دوسرا سوال اور اس کا جواب بھی معلوم کر لیا۔ اگلی صبح اس نے امین کو وہ سوال و جواب بتادیا کہ یہ رات میں نے خواب میں دیکھا ہے۔ امین اب سمجھ گیا تھا کہ اعظم کے پاس پراسرار طاقت ہے لہٰذا اس نے اس کا شکریہ ادا کیا اور محل چلا آیا، تھوڑی دیر بعد وہ شہزادے کے سامنے تھا۔

"ہاں نوجوان یہ بتاؤ آج میں نے صبح اٹھ کر کس چیز کے بارے میں سوچا تھا؟" کاران نے سوال کیا۔

"جناب عالی! آپ نے آج صبح اپنے دستانوں کے بارے میں سوچا تھا۔"

امین نے اعتماد سے جواب دیا اور شہزادے کا رنگ اڑتا نظر آیا۔ اس نے کمزور سی آواز میں کہا:

"درست جواب!"

یہ کہہ کر وہ اٹھ کر کمرے میں چلا گیا۔ سب درباری بہت خوش ہو رہے تھے۔ تیسری رات بھی اعظم نے کاران کا پیچھا کیا۔ جادوگر کے غار کے قریب پہنچ کر وہ چھپ گیا۔ اندر سے بات چیت کی آواز آرہی تھی۔

"کل آخری سوال ہے آقا، کل اگر اس نے درست جواب دے دیا تو آپ میرے آقا نہیں رہیں گے۔"

"ہونہہ! اس کی ایسی کی تیسی، کل تم اس سے پوچھنا کہ میں اس وقت جس چیز کے بارے میں سوچ رہا ہوں، وہ ابھی اور اسی وقت میرے سامنے پیش کرو۔"

"اور میں کس چیز کا تصور کروں؟" کاران نے پوچھا۔

"میرے سر کا۔" جادوگر نے کہا تو کاران کے چہرے پر خوف پھیل گیا۔

اس نے اجازت لی اور واپس محل کی طرف محو سفر ہو گیا۔ ادھر اعظم حرکت میں آگیا، اس نے بڑھیا والے تین پھول نکال کر اپنے جسم پر پھیرے اور جادوگر کے سامنے آگیا۔ جادوگر اسے دیکھ کر شیطانی انداز میں ہنسا اور کہا:

"آؤ آؤ خیر کی روشنی، تا کہ میں تمہیں اپنے اندھیرے غار میں دھکیل سکوں۔"

یہ کہہ کر اس نے اپنے ہاتھوں کو مخصوص انداز میں حرکت دی اور اعظم کی طرف ہاتھوں کو جھٹکا، اس کے ہاتھ سے ایک تیز روشنی نکلی اور اعظم پہ پڑی، مگر اعظم کو تو کچھ نہ ہوا، یہ دیکھ کر جادوگر ششدر رہ گیا، اب اعظم نے اپنی خاص تلوار نکالی اور ایک ہی وار میں جادوگر کا سر تن سے جدا کر دیا۔ اب اس نے اس کا سر ایک بڑی سی بوری میں ڈالا اور واپس ہوٹل میں آگیا، صبح اس نے امین سے کہا کہ:

" آج کاران تم سے کوئی چیز مانگے گا اور وہ چیز میں نے اس بوری میں رکھ دی ہے۔"

"اوہ اچھا، کیا میں اسے دیکھ سکتا ہوں۔"

"نہیں ہر گز نہیں!!" اعظم نے سختی سے منع کر دیا تو امین کندھے اچکا کر رہ گیا۔

امین بوری اٹھائے محل جا پہنچا۔ شہزادے کاران نے سوال کیا:

"نوجوان! آج اس وقت میں جو چیز سوچ رہا ہوں، اسے ابھی اور اسی وقت میرے حضور پیش کرو۔"

امین کچھ دیر حیرت سے اسے دیکھتا رہا، پھر اس نے وہ بوری اس کے سامنے

الٹ دی، اگلے ہی لمحے امین، شہزادہ اور سارے درباری خوف کے مارے اٹھ کھڑے ہوئے، ان کے سامنے جادوگر کا کٹا ہوا سر پڑا ہوا تھا، عین اسی وقت ایک تیز جھماکہ سا ہوا اور چاروں سمت دھواں پھیل گیا۔ تھوڑی دیر بعد دھواں چھٹا تو سب نے دیکھا شہزادہ کاران بے ہوش تھا۔

"اوہ! شہزدے کیا ہوا آپ کو؟"

کئی آوازیں ابھریں، فوراً ہی شاہی طبیب آ گئے، انہوں نے شہزادے کا معائنہ کیا اور اسے ادویات دیں، تھوڑی دیر بعد شہزادے کی آنکھ کھل گئی، اس نے حیرت سے دائیں بائیں دیکھا اور کہا:

"شکر ہے خدایا، اب میرے دماغ پہ وہ بوجھ نہیں ہے، لگتا ہے میں آزاد ہو گیا ہوں، وہ نوجوان امین کدھر ہے، اسے فوراً بلاؤ۔"

شہزادے کے حکم پہ سبھی خادم بھاگے اور امین کو بلا لائے، امین کو دیکھ کر شہزادے نے مسکرا کر اسے گلے لگایا اور کہا:

"خوش آمدید ہمارے وزیر اعظم !!"

یہ سنتے ہی چاروں طرف شادیانے بجنے لگے، جلد ہی یہ بات پوری سلطنت میں پھیل گئی، امین بھاگتا بھاگتا ہوٹل میں پہنچا اور اعظم کے کمرے میں جا گھسا تاکہ اسے یہ خوش خبری سنا سکے، آگے کا منظر بڑا ہی عجیب تھا، اعظم بیٹھا رو رہا تھا۔

"دوست کیا ہوا تمہیں؟" امین نے حیرت اور تشویش سے پوچھا۔

"کچھ نہیں دوست، میں اب تم سے جدا ہونے لگا ہوں، اس لیے اداس ہوں، اپنا خیال رکھنا اور ہمیشہ ہمدردی اور نیکی کی صفات اپنائے رکھنا، میں اب

چلا، الوداع دوست الوداع !!!"

اعظم نے کہا اور پھر ایک عجیب کام ہوا، امین نے دیکھا کہ کمرے کے ایک کونے میں اس قبرستان کی تصویر نمودار ہوئی جہاں امین نے اس میت کو دفنایا تھا، ادھر اعظم روشنی میں تبدیل ہوتا جارہا تھا اور وہ روشنی اس قبر میں داخل ہوتی جارہی تھی، جیسے ہی روشنی قبر میں داخل ہوئی، ایک تیز خوش بو سی پھیلی اور اعظم غائب ہوگیا، امین کا مارے حیرت کے برا حال تھا، تاہم وہ سمجھ چکا تھا کہ یہ پراسرار طاقت خیر کی طاقت تھی جو اللہ تعالیٰ نے اس کی مدد کے لیے بھیجی تھی۔ اس نے دل ہی دل میں اللہ کا شکر ادا کیا اور محل کی جانب چل پڑا۔

***

۸

انجانی مُہم

امجد اسلام امجد

صفدر، منصور اور ذیشان آپس میں گہرے دوست ہیں۔لاہور جانے کے لئے وہ کراچی اسٹیشن سے ٹرین پر سوار ہوئے۔دورانِ سفر ایک پر سرار شخص جس نے نیلا کوٹ زیب تن کیا ہوا تھا،ان سے باتیں کرنے لگا۔دورانِ گفتگو منصور کے ہاتھ میں ذیشان نے ایک پرچی تھمائی جس پر کوڈورڈ کا ایک جملہ تحریر تھا۔باتھ روم جاکر منصور نے پرچی دیکھی تو اس پر درج تھا کہ ------"ھوبڈ نا ثواگ ھوام یا"------یعنی یہ آدمی ٹھیک نہیں ہے------منصور ہاتھ دھوکر باتھ روم سے نکلا تو اسے شدید حیرت ہوئی کیونکہ نیلے کوٹ والا غائب تھا۔لیکن اس کا کوٹ نشست پر موجود تھا۔معلوم ہوا کہ وہ اپنا کوٹ چھوڑ کر سوٹ کیس لے کر روانہ ہوگیا۔اچانک منصور نے اپنے سامان کو دیکھا تو پتا چلا کہ نیلے کوٹ والا اپنا سوٹ کیس چھوڑ کر ان کا سوٹ کیس لے کر روانہ ہوگیا ہے۔اتنے میں ٹرین کی رفتار کم ہونے لگی۔ٹرین تھوڑی دیر کے لئے اسٹیشن پر رکی اور پھر چل پڑی۔جس علاقے سے ٹرین گزر رہی تھی وہ ملٹری کا علاقہ تھا۔ذیشان نے اپنا شک ظاہر کیا کہ ممکن ہے نیلے

کوٹ والا مشتبہ شخص چیکنگ کے خوف سے یہ سوٹ کیس یہاں چھوڑ گیا ہو۔ ابھی وہ باتیں ہی کر رہے تھے کہ پولیس انسپکٹر سامان کو شک بھری نظروں سے دیکھتا ہوا وہاں آ پہنچا۔ پولیس انسپکٹر سوٹ کیس اور نیلے کوٹ کو دیکھ کر ٹھٹکا اور تلاشی لینا چاہی۔ مگر ذیشان نے انسپکٹر کو ایک کارڈ دیتے ہوئے بتایا کہ وہ کرنل رحمان کے پرائیوٹ سیکرٹ سروس کے رکن ہیں۔ اس پر انسپکٹر مطمئن ہو کر چلا گیا۔ رات کو جب اندھیرا چھا گیا تو کھانا کھانے کے بعد ذیشان، منصور اور صفدر سوٹ کیس لے کر باتھ روم میں گئے اور اپنے پاس پہلے سے موجود ماسٹر چابی کے ذریعے اسے کھولنے کوشش کی۔ سوٹ کیس میں سونے کی اینٹیں اور ہیرے جگمگا رہے تھے۔ انہوں نے طے کیا کہ وہ لاہور پہنچ کر خالو کی مدد سے اس سوٹ کی بابت پولیس کو بتائیں گے۔ لاہور پہنچنے کے بعد جب وہ اسٹیشن سے باہر آئے تو ایک ٹیکسی ان کے قریب آکر رکی۔ ٹیکسی ڈرائیور نے کہا کہ میں آپ کو آپ کی منزل پر چھوڑ دوں گا۔ تشریف رکھیں۔ ذیشان، منصور اور صفدر ٹیکسی میں بیٹھ گئے۔ ٹیکسی چل دی۔ تھوڑی دیر بعد ٹیکسی جب شہر کو چھوڑ کر ویرانے کی طرف جانے لگی تو صفدر چلایا۔۔۔۔۔۔ "یہ کیا حرکت ہے؟" اس ڈرائیور نے اپنے چہرے پر سے سر کے ہوئے ہیٹ کو ہٹا کر دیکھا اور ان پر پستول تان لی۔۔۔۔۔۔ تینوں سہم گئے۔ یہ تو وہی شخص تھا نیلے کوٹ والا۔ ٹیکسی چلتی رہی۔ تھوڑی دیر بعد وہ ایک غیر آباد علاقے میں پہنچ گئے تھے۔ انہیں گھنی جھاڑیوں میں ہی ایک عمارت میں لے جایا گیا۔ اندر تاریک شیشوں کی عینک چڑھائے "میگھاری" نام کا ایک شخص انہیں ملا۔ یہ چیف باس کا نائب تھا۔ وہاں موجود غنڈے اور میگھاری ان تینوں کو کرنل رحمن کے

حوالے سے اچھی طرح جانتا تھا۔ چنانچہ اس کے حکم سے تینوں کو ایک تنگ و تاریک کمرے میں بند کر دیا گیا۔ مگر رات کو وہ کسی نہ کسی طرح اس عمارت سے نکلنے میں کامیاب ہو گئے۔ جب وہ اپنے خالو کے گھر پہنچے تو وہاں سے تیز بولنے کی آوازیں آرہی تھیں۔ اندر سے آنے والی آوازیں میگھاری، دھاریوال اور ان کے خالو کی تھیں۔ دھاریوال کو اچانک ان کی موجودگی کا احساس ہو گیا۔ مگر وہ اس کے آنے سے پہلے ہی گھر سے باہر نکل آئے۔ انہوں نے جو دیکھا اس کی ان کو بالکل توقع نہ تھی۔

جمبو اور گیٹو ان کو گھر کے اندر لے گئے۔ وہاں ان پر انکشاف ہوا کہ صفدر کے خالو بھی ان بد معاشوں کے ساتھ ملے ہوئے ہیں۔ انہیں دیکھ کر صفدر کے خالو ــــــ حاجی کمال بیگ نے ایک ٹرانس میٹر پر اپنے باس کو کرنل رحمان کے ارکان کو پکڑ لئے جانے کی اطلاع دی۔ تھوڑی دیر بعد میگھاری ان کو لے کر کسی نامعلوم مقام کی طرف روانہ ہو گیا۔ اس کے ساتھ تین اور غنڈے بھی تھے۔ مگر منصور نے چالاکی سے کام لیا۔ تینوں لڑکوں نے ان بد معاشوں پر قابو پالیا۔ پھر منصور نے ان کے کوارٹر کا پتہ معلوم کیا اور ان کو اس طرف لے چلا۔ ابھی ان کے پیدل سفر کا آغاز ہی ہوا تھا کہ انہیں آواز آئی "اپنے ہاتھ اوپر اٹھا دو۔"

یہ آواز حاجی کمال بیگ کی تھی جو اسٹین گن لئے ان کی طرف آرہا تھا۔ کمال کو دیکھ کر جمبو اور میگھاری کو بہت تعجب ہوا۔ اتنے میں انہوں نے دھاریوال کو زخمی حالت میں اپنی طرف آتے دیکھا۔ پھر وہ تینوں صفدر، ذیشان اور منصور کو لے کر اپنے بگ باس کے پاس پہنچے۔ باس نے کمال کو ان تینوں کے ساتھ اپنے کمرے میں

طلب کیا۔ کمرے میں پہنچ کر منصور نے منہ ڈھانپ کر کرسی پر بیٹھے ہوئے شخص پر حملہ کیا مگر اس کے گرد شیشے کی دیوار سے ٹکرا کر زخمی ہو گیا۔ تبھی منصور اور کمال پر چھت سے پانی برسنے لگا۔ جس سے منصور ہوش میں آ گیا اور کمال کا میک اپ اتر گیا۔ جس سے ظاہر ہوا کہ وہ کمال نہیں کرنل رحمن تھے۔ یہ دیکھ کر یہاں لڑکوں کو حیرت ہوئی۔ بگ باس یعنی ہاکسن ولیم کو یہ بات معلوم تھی کہ کرنل رحمن کمال کے بھیس میں یہاں پہنچ گئے ہیں۔ پھر ان تینوں کو ایک کمرے میں بند کر دیا گیا۔ کمرے میں تینوں لڑکوں نے کرنل رحمن سے ان تینوں تک پہنچنے کی تفصیلات پوچھیں۔ تھوڑی دیر بعد اصلی کمال پولیس سے رہا ہو کر وہاں آ پہنچا اور باس کی ہدایت پر ان چاروں کو لے کر ہیڈ کوارٹر جا پہنچا۔ پھر لفٹ کے ذریعے انہیں اس زمین دوز بستی میں لے جایا گیا جہاں انتہائی بڑی بڑی شخصیتیں اغواء ہونے کے بعد سے قید تھیں۔ ان سب کے نام بستی کی ایک اسکرین پر چاروں کے سامنے ظاہر ہو رہے تھے۔ ان میں ایک نام دیکھ کر وہ سب چیخ اٹھے۔

اسکرین پر کرنل نقوی کا نام روشن تھا جن کے بارے میں اطلاع تھی کہ انہیں حکومت نے گرفتار کر کے انتہائی سخت حفاظت میں رکھا ہے۔ دھاریوال نے ان چاروں کو بتایا کہ دراصل قید ہونے والا کرنل نقوی، کرنل نقوی کی ڈمی ہے۔ پھر ان چاروں کو خوبصورت کمروں میں قید کر دیا گیا۔ جہاں ویڈیو کیمرے اور مائکروفون نصب تھے۔ تھوڑی دیر بعد دھاریوال ان چاروں کو لے کر زمین دوز بازار کی سیر کو نکلا۔ بازار میں بہت سے لوگ مخصوص ٹوکنوں کے ذریعہ خریداری کر رہے تھے۔ یہ ٹوکن انہیں منشیات اور اسلحہ ساز فیکٹریوں میں کام کرنے کے عوض ملے تھے۔ ان

چاروں کو بازار میں موجود کسی بھی شخص سے بات چیت کی اجازت نہ ملی۔ وہ گھومتے گھومتے فیکٹریوں کے قریب پہنچ چکے تھے۔ اچانک فیکٹریوں کے سائرن زور سے چیخنے لگے۔ دراصل کرنل رحمن دھاریوال کی نظر بچا کر فیکٹری کے اس کمرے میں پہنچ گئے تھے جہاں کمپیوٹر نصب تھے۔ تھوڑی دیر بعد فیکٹری سے دھماکے کی آواز آئی۔ دھاریوال کے چہرے پر ہوائیاں اڑ رہی تھیں۔

افراتفری سے فائدہ اٹھاتے ہوئے ذیشان، منصور اور صفدر وہاں سے بھاگ نکلے۔ خوفزدہ ہو کر بھاگنے والے لوگوں کے ہجوم نے دھاریوال کو کچل کر رکھ دیا تھا۔ تھوڑی دیر بعد کرنل رحمان بھی ان سے آملے۔ یہ لوگ زمین دوز شہر سے باہر نکلنے کا راستہ تلاش کرنے لگے۔ صفدر کے بتانے پر وہ سب لوگ ایک نیم تاریک طویل سرنگ میں داخل ہو گئے۔ سرنگ میں روشنی کا کوئی انتظام نہیں تھا لیکن اندھیرا ابھی محسوس نہیں ہو رہا تھا۔ وہ باتیں کرتے ہوئے چلے جارہے تھے۔ اس سرنگ کا اختتام ایک بڑے سے دروازے پر ہوا۔ کافی تلاش کرنے کے بعد اس دروازے کا میکنیزم ملا اور دروازہ کھول کر وہ لوگ دوسری طرف چلے گئے۔ یہ ایک بڑا سا کمرہ تھا جو پہاڑ کو تراش کر بنایا گیا تھا۔ ایک طرف لوہے کا جنگلہ سا تھا جس کی دوسری طرف نیم مردہ افراد باس سے بغاوت کی سزا بھگت رہے تھے۔ اچانک کمرہ قہقہوں کی آواز سے گونج اٹھا اور یہ ہولناک انکشاف ہوا کہ کرنل رحمان اصل رحمان نہیں بلکہ ان کی ڈمی ہیں۔ لیکن جلد ہی اصل رحمان بھی ان کا تعاقب کرتے ہوئے وہاں پہنچ گئے اور پھر دونوں رحمانوں کی درمیان خطرناک جنگ کا آغاز ہو گیا۔ ڈمی رحمان نے دھوکے سے ان سب کو ایک جنگلے میں قید کر دیا جس کا فرش

بھی لوہے کا تھا اور اس میں بجلی کا کرنٹ دوڑا دیا۔ کمرہ انسانی چیخوں سے گونج رہا تھا کہ اچانک زلزلے نے صورت حال کو اور بھی خطرناک کر دیا۔ اس کمرے کی چھت ایک دھماکے سے زمین پر آرہی اور انسان اپنی چیخوں سمیت اس کے نیچے دب گئے۔

ذیشان، صفدر اور منصور کو اپنے تن بدن کا ہوش نہ تھا۔ اب تک تو وہ گیند کی مانند لڑھک رہے تھے لیکن جیسے ہی پہاڑ کا تراشیدہ حصہ اچانک زمین پر آگرا، انہوں نے اپنی آنکھوں سے ڈمی کرنل رحمٰن کو اس دیوار کے تلے دفن ہوتے دیکھا۔ اس کے منہ سے نکلنے والی آخری چیخ بڑی بھیانک تھی۔

اب وہ چاروں ایک اندھیری قبر میں قید ہو چکے تھے۔ غالباً زلزلے کے باعث اس علاقے میں بجلی کا نظام درہم برہم ہو گیا تھا اور یہی بات ان کی زندگی کی ضمانت بن گئی تھی کیوں کہ اب اس کمرے کے فرش میں کرنٹ نہیں دوڑ رہا تھا۔

کچھ دیر بے سدھ پڑے رہنے کے بعد صفدر نے ہمت کی اور اپنی تمام قوت کو جمع کر کے اِدھر اُدھر ہاتھ پاؤں مارنے لگا۔ اس نے پھیپھڑوں کا پورا زور لگا کر اپنے ساتھیوں اور انکل رحمن کو آوازیں بھی دینا شروع کر دیں۔ چند ہی لمحوں بعد اسے انکل رحمن کی آواز سنائی دی جو کہہ رہے تھے۔ "بیٹا، گھبرانا نہیں، ان شاء اللہ یہاں سے نکلنے کا کوئی راستہ ضرور مل جائے گا۔" صفدر کو اس وقت انکل کی یہ بات بڑی عجیب سی لگی۔ قبر نما اس کمرے کی گھٹن میں اضافہ ہوتا جا رہا تھا۔ پھر صفدر کو دھندلی سی روشنی دکھائی دی۔ یہ انکل رحمن تھے جو اپنا لائیٹر جلا کر ان تینوں کو ڈھونڈ رہے تھے۔

صفدر نے انہیں آواز دی۔ "میں یہاں ہوں انکل۔" کرنل رحمن تیزی سے

اس کی طرف آئے۔ انہیں راستے میں ٹھوکر لگی۔ وہ بے ہوش پڑے ہوئے منصور سے ٹکرا گئے تھے۔ انہوں نے جلدی سے منصور کو اٹھا کر صفدر کے قریب لٹادیا۔ اس وقت انہیں، ذیشان کی کراہ سنائی دی۔ "اب کیا کریں انکل۔ یہاں تو سانس لینا بھی مشکل ہے۔ "صفدر نے پریشان ہو کر کہا۔

"گھبراؤ مت بیٹے۔ اللہ کی ذات سے کبھی مایوس نہیں ہونا چاہیے، اسی کو یاد کرو۔ "انکل رحمن نے یہ کہہ کر لائیٹر بجھادیا اور وہ سب پھر تاریکی کا حصہ بن گئے۔

"انکل!"صفدر نے بے تابی سے کہا۔"ہمیں یہاں سے نکلنے کا راستہ تلاش۔۔۔۔۔۔ "اسی وقت ایک زوردار جھٹکا لگا، صفدر اپنی بات مکمل نہ کر سکا اور لڑکھڑا کر گر پڑا۔ زمین ایک بار پھر شدت سے ہلنے لگی تھی۔

"اوہ۔ پھر زلزلہ۔!"انکل رحمن کی آواز آئی۔

زمین بری طرح سے لرزنے لگی تھی، پھر ایک پُر شور آواز آئی اور ایسا لگا کہ بہت سے تودے لڑھک گئے ہیں، اس کے ساتھ ہی انہیں محسوس ہوا کہ تازہ ہوا کا جھونکا اندر کو چلا آیا ہے۔ ان کے چاروں طرف اب بھی تاریکی تھی۔

"مبارک ہو بچّو۔ "انکل رحمن پر جوش لہجے میں بولے۔ "اللہ کا شکر ہے کہ یہ زلزلہ ہماری رہائی کا پیامبر بن کر آیا ہے۔ آؤ دیکھو، مجھے سورج کی روشنی نظر آرہی ہے۔

آؤ یہاں سے نکلنے کی کوشش کرتے ہیں۔ "انکل رحمن نے کہا۔ وہ چاروں اسی دراڑ کی سمت بڑھنے لگے جس سے روشنی نمودار ہو رہی تھی۔ یہ دراڑ خاصی بلندی پر تھی۔ انکل رحمن کی تجویز پر منصور نے دراڑ تک پہنچنے کے لئے اوپر چڑھنا شروع

کر دیا۔ وہ کوہ پیمائی کا اچھا تجربہ رکھتا تھا۔ ابھرے ہوئے پتھروں پر احتیاط سے قدم جماتے ہوئے وہ دراڑ تک جا پہنچا۔ خوش قسمتی سے مٹی بھر بھری تھی۔ منصور نے اپنے چاقو کی مدد سے ذرا سی دیر میں اس دراڑ کو ایک چوڑے شگاف میں بدل ڈالا۔ ایک ایک کر کے وہ چاروں اس شگاف سے باہر نکل آئے۔

ان سب کے منہ سے حیرت زدہ سی آواز نکلی۔ وہ چاروں کسی وادی میں تھے جو خاموشی میں ڈوبی ہوئی تھی۔ اب ان کی سمجھ میں آیا کہ انہیں زیر زمین لے جانے والی لفٹ آدھے گھنٹے تک کیوں سفر کرتی رہی تھی۔

"میرا خیال ہے، ہمیں اب یہاں سے نکلنے کی کوشش کرنی چاہیئے۔" انکل رحمن نے کہا۔

"جی نہیں انکل۔ میں اپنے وطن کے بدترین دشمن کو ٹھکانے لگائے بغیر نہیں جاؤں گا۔ اور پھر ان بے گناہ لوگوں نے کیا قصور کیا ہے جو یہاں قید میں پڑے سسک رہے ہیں۔" یہ منصور کی آواز تھی۔

"بالکل انکل! منصور ٹھیک کہہ رہا ہے۔" صفدر نے کہا۔

"جی ہاں۔ انکل میرا بھی یہی خیال ہے۔" ذیشان بولا۔

انکل رحمن نے تینوں بچوں کو محبت سے اپنے ساتھ لپٹا لیا اور جذبات سے بوجھل آواز میں بولے۔ "اللہ تمہیں اور ہمت دے میرے بچّو۔ اگر میرے وطن کو تم جیسے ایک ہزار نوجوان مل جائیں تو دنیا کی کوئی طاقت اسے کوئی نقصان نہیں پہنچا سکتی۔" وہ چاروں احتیاط سے دیکھتے بھالتے آگے بڑھے۔ کچھ دور جا کر پہاڑوں کا سلسلہ دائیں سمت مڑ گیا تھا۔ وہ جوں ہی دایاں موڑ مڑے انہیں اچانک ٹھٹک کر

رک جانا پڑا۔ سامنے ایک بڑا سا ہیلی پیڈ تھا جس پر ایک ہیلی کاپٹر کھڑا تھا۔

اس وقت ایک طرف ایک بوڑھا شخص نمودار ہوا، وہ ذرا لنگڑا کر چل رہا تھا۔ اس کی جھریوں بھرے چہرے پر بیزاری تھی، لیکن اس کی آنکھ میں غضب کی چمک تھی۔ اس نے ان چاروں کو محض ایک نظر دیکھا، پھر لڑکھڑاتا ہوا، ہیلی کاپٹر میں چڑھنے لگا۔ اسی وقت ایک لمبے قد کا سفید فام شخص تیزی سے دوڑتا ہوا آیا اور ہیلی کاپٹر میں سوار ہو گیا۔

اگلے ہی لمحے منصور دیوانہ وار دوڑتا ہوا ہیلی کاپٹر کے کھلے ہوئے دروازے سے اندر داخل ہو چکا تھا۔ اس کا یہ اقدام بے حد خطرناک تھا۔ منصور نے ہیلی کاپٹر میں داخل ہوتے ہی سفید فام شخص پر چھلانگ لگا دی جو پائلٹ کی نشست پر بیٹھا کل پرزوں کو حرکت دے رہا تھا۔ اسی وقت ذیشان، صفدر اور منصور بھی ہیلی کاپٹر میں گھس آئے۔

منصور نے سفید فام شخص کو پائلٹ کی نشست سے پیچھے کھینچ لیا تھا۔ "انکل آپ ہیلی کاپٹر سنبھال لیں۔ "صفدر نے بوڑھے شخص کو پکڑ رکھا تھا اور منصور سفید فام شخص کی مرمت کر رہا تھا۔ ذیشان بھی اس "اہم کام" میں ہاتھ بٹانے لگا!

منصور کی ٹھوکر ہاکسن کے گھٹنے پر پڑی۔ ہاکسن کی کراہ بلند ہوئی۔ اس نے تڑپ کر کہنی منصور کے پیٹ میں مارنی چاہی لیکن منصور پھرتی سے ایک طرف ہٹ گیا۔ ہاکسن اپنے ہی زور میں آگے جا کر گرا۔ منصور نے اسے پھر اٹھنے کی مہلت نہ دی۔ پلک جھپکنے میں اس کی جیب سے ریوالور نکال لیا اور بولا۔ "اب آپ اٹھ سکتے ہیں۔"

ہاکسن چپ چاپ اٹھ کر کھڑا ہو گیا اور ریوالور کے اشارے پر ہیلی کاپٹر سے نیچے اتر آیا۔ صفدر نے بوڑھے کو نیچے اتارا۔ بوڑھا شخص شاید گونگا تھا۔ اس نے اس طرح اتارے جانے پر "اوں اوں کر کے احتجاج کیا" بہر حال وہ سب آگے بڑھے۔ منصور نے ہاکسن کی کمر سے ریوالور لگا رکھا تھا اور اسے آگے بڑھنے کے لئے کہہ رہا تھا۔ بوڑھا لنگڑا لنگڑا کر چل رہا تھا۔ پھر وہ ایک جگہ ٹھوکر کھا کر گرا اور اپنا گھٹنا پکڑ کر بیٹھ گیا۔ اس کے بوڑھے چہرے پر اذیت کی لہریں پھیل گئی تھیں۔

"صفدر تم یہیں رکو۔" انکل رحمن نے کہا۔ "اس بوڑھے کی نگرانی کرنا۔ ہم اندر کا جائزہ لے کر آتے ہیں۔" وہ تینوں ہاکسن کو لے کر آگے بڑھ گئے۔

ہاکسن کی رہنمائی میں وہ سب ایک جگہ پہاڑی کے دامن میں بنے ہوئے نشیبی راستے پر اترنے لگے۔ کچھ آگے جا کر ہاکسن نے ایک خاص جگہ تین بار پیر مارا۔ اس کے ساتھ ہی زمین میں ایک بڑا دروزہ سا کھل گیا جس میں اندر سیڑھیاں جا رہی تھیں۔ وہ سب نیچے اترنے لگے۔

اندر ایک طویل سی راہداری تھی۔ وہ سب اس میں چل رہے تھے تو ان کے جوتوں سے دھمک پیدا ہو رہی تھی۔ اچانک ہاکسن زور زور سے کھانسنے لگا اور کھانستے کھانستے دہرا ہو گیا تھا۔ وہ سب اسے دیکھنے کے لئے آگے بڑھے۔ ہاکسن نے الٹی کک منصور کے ہاتھ پر ماری، منصور کے ہاتھ سے ریوالور چھوٹ کر دور جا گرا اور ہاکسن نے دوڑ لگا دی۔ منصور اسکے پیچھے تھا۔ وہ سب دوڑ پڑے۔

راہداری آگے جا کر کافی کشادہ ہو گئی تھی۔ ذیشان اور انکل رحمن جوں ہی اس کشادہ حصہ میں پہنچے، حیرت زدہ رہ گئے۔ انہوں نے دیکھا کہ منصور تو ہاکسن سے گتھم

گتھا ہے اور صفدر اسی گونگے بوڑھے سے ہاتھاپائی کر رہا ہے۔ ان دونوں کو وہ سرنگ سے باہر چھوڑ آئے تھے۔ ذیشان اور انکل رحمن کی سمجھ میں نہیں آرہا تھا کہ صفدر اور بوڑھا زیر زمین آئے کیسے۔

بوڑھے میں خدا جانے کہاں سے اتنی طاقت آگئی تھی کہ وہ چیتے کی طرح اچھل کر صفدر سے لڑ رہا تھا۔ دونوں اتنی تیزی سے اپنی جگہ بدل رہے تھے کہ ذیشان اور انکل رحمن کے لئے صفدر کی مدد کرنا بڑا مشکل تھا۔

ایک موقع پر صفدر نے بوڑھے کی گردن جکڑنے کی کوشش کی۔ بوڑھا تڑپ کر اسکی گرفت سے نکل گیا لیکن اس کے بال صفدر کی مٹھیوں میں آگئے۔ صفدر نے بوڑھے کے بال کھینچے تو ایک جھٹکے کے ساتھ بوڑھے کے چہرے پر سے ماسک بالوں سمیت اتر گیا۔ اندر سے نیلی آنکھوں، سفید رنگت اور بھورے بالوں والا ایک جوان چہرہ نمودار ہوا۔ اس چہرے پر بڑی سفاک مسکراہٹ تھی۔ وہ شخص جست لگا کر ایک طرف ہو گیا اور اس نے فاتحانہ انداز میں کہا۔ "دوستو، اس زیر زمین دنیا سے فرار ہونا تمہارے نصیب میں نہ تھا۔ اب تم لوگ زندگی کی آخری سانسیں یہیں پوری کرو گے، میں تو چلا۔ ہاکسن کی طرف سے الوداع۔۔۔۔۔۔ بائی بائی!"

وہ تمام لوگوں کو حیرت زدہ چھوڑ کر ایک طرف کو تیزی سے ہٹا۔ پھر اس نے ایک طرف لگے ہوئی سرخ اور زرد رنگ کے بٹن دبایئے۔ بٹن دبتے ہی ایک دیوار ایک طرف کو سرک گئی اور ہاکسن نے اندر چھلانگ لگادی لیکن اگلے ہی لمحے ہاکسن کی دردناک چیخ اس سرنگ نما راہداری میں گونج اٹھی۔ وہ سب اس طرف لپکے۔ اس دوران میں منصور اس سفید فام شخص کی ریڑھ کی ہڈی پر ایک کاری ضرب لگا کر

اسے بے بس کر چکا تھا جسے کچھ دیر تک وہ ہاکسن سمجھ رہا تھا۔ سفید فام شخص کو اس کے حال پر چھوڑ کر وہ بھی اسی طرف بھاگا جدھر ذیشان، صفدر اور انکل رحمن دوڑے تھے۔ وہ تینوں اسی سرنگ میں جھانک رہے تھے جس میں ہاکسن نے چھلانگ لگائی تھی۔

ہاکسن کی قسمت اس کا ساتھ عین وقت پر چھوڑ گئی تھی۔ زلزلہ کے باعث سرنگ آگے جا کر بہت گہری کھائی بن گئی تھی۔ ہاکسن سمجھے بیٹھا تھا کہ وہ سرنگ سے دوڑتا ہوا باہر نکل جائے گا لیکن سرنگ کھائی میں بدل چکی تھی۔ وہ ہزاروں فٹ گہرائی میں جا گرا تھا۔ یقیناً اس کی ہڈیوں کا سرمہ بن گیا ہو گا۔

"اس کا یہی انجام ہونا تھا۔" انکل رحمن بولے۔ پھر چونک کر کہنے لگے۔ "فوراً یہاں سے نکلو۔ مجھے خدشہ ہے کہ ہاکسن جاتے جاتے کوئی شرارت کر گیا ہے۔" وہ سب الٹے قدموں دوڑے۔ منصور، صفدر اور ذیشان نے بھی گیس کی بو محسوس کر لی تھی۔ ہاکسن ان سب کو یہیں ہلاک کر دینا چاہتا تھا۔

راستے میں وہی سفید فام شخص کراہتا ہوا ملا۔ منصور نے اسے اٹھانے کی کوشش کی لیکن اس کی ریڑھ کی ہڈی پر شدید ضرب لگی تھی، وہ چیخیں مار کر رہ گیا۔ آخر منصور اور صفدر نے مل کر اسے اٹھا لیا اور سرنگ کے دروازے کی سمت دوڑے۔ گیس کی بو تیز ہوتی جا رہی تھی۔

"باہر نکلنے کا میکنزم تلاش کرو جلدی۔ ورنہ یہیں سب دفن ہو جائیں گے۔" انکل رحمن نے چیخ کر کہا۔

اسی وقت اس سفید فام نے جسے منصور اور صفدر نے اٹھا رکھا تھا، کراہ کر کہا۔

"سفید دائرے پر سرخ رنگ کے پانچ ستارے بنے ہوں گے۔ اس سفید دائرے کو دباؤ۔"

کچھ تلاش کے بعد ایک جگہ انہیں دیوار پر خوبصورت ڈیزائن بنا نظر آیا۔ اس ڈیزائن میں کئی سفید دائرے تھے اور ان پر سرخ ستارے بھی تھے۔ لیکن پانچ ستارے صرف ایک سفید دائرے پر تھے۔ ذیشان نے جھپٹ کر اس دائرے کو دبا دیا۔ ایک شور کے ساتھ سرنگ کا دروازہ کھل گیا۔ وہ سب ہانپتے ہوئے باہر نکل آئے۔

"یار صفدر تم اندر کس طرح پہنچ گئے؟" منصور نے باہر نکل کر پوچھا۔

"کچھ نہ پوچھو یار۔ وہ بوڑھا یعنی ہاکسن غضب کا چالباز تھا۔ اس نے بڑی عاجزی سے مجھ سے اشاروں میں کہا کہ اس کے پیٹ میں درد ہو رہا ہے۔ میں ذرا اس کی طرف سے غافل ہوا اور وہ دوڑ پڑا، ایک جگہ کانٹے دار جھاڑیاں ایک خاص ترتیب سے اگی ہوئی تھیں، وہیں وہ اچھلنے لگا، اچھلتے ہوئے اس نے پاؤں زمین پر مارا اور زمین میں دروازہ سا کھل گیا۔ اس نے اندر چھلانگ لگائی تو میں بھی اندر کود گیا۔"

"آؤ اس بستی کی صورتحال کا جائزہ لیں۔" انکل رحمن نے کہا۔ "آہ" سفید فام شخص کراہا جسے وہ سرنگ سے نکال کر لائے تھے۔ سب کی توجہ اس کی طرف ہو گئی۔ سفید فام شخص کی حالت بڑی خراب تھی۔ منصور کی ضرب شاید بہت شدید تھی۔ انکل رحمن نے اس شخص سے پوچھا۔ "تم کون ہو؟"

"میں" سفید فام شخص کراہا۔ "میں پیٹر ہوں۔ ہاکسن کا پرانا خادم۔ مگر مجھے اس سے نفرت ہے۔"

ان سب نے مل کر پیٹر کو ایک سایہ دار جگہ پر لٹا دیا۔

پیٹر نے انہیں بتایا کہ وہ کس طرح محفوظ طریقے پر اس زیر زمین بستی میں داخل ہو سکتے ہیں اور مہلک گیس کے اخراج کو بند کرنے کا کنٹرول کس کمرے میں ہے۔وہ سب پیٹر کے بتائے ہوئے طریقے کے مطابق اس بستی میں داخل ہو گئے۔انہوں نے بستی کا کونہ کونہ چھان مارا۔انہیں لاتعداد قیدی ملے۔اسلحہ اور منشیات کی فیکٹری کا آدھے سے زیادہ حصّہ زلزلے کی وجہ سے تباہ ہو چکا تھا۔ایک جگہ انکل رحمن کو چند مواصلاتی آلات صحیح حالت میں مل گئے۔ان کی مدد سے انہوں نے ہیڈ کوارٹر سے مدد طلب کر لی۔کچھ ہی دیر میں یہاں فوجی ہیلی کاپٹر کی مدد سے چھاتہ بردار فوج اتر رہی تھی۔ ہیلی کاپٹر کی ضرورت اس لئے بھی پڑی کہ اس دشوار گزار وادی تک جیپوں کے ذریعہ پہنچنا نہایت مشکل تھا۔ ہیلی کاپٹروں سے تین ڈاکٹر بھی اترے۔انہوں نے زخمی منصور اور صفدر کو طبّی امداد دی اور پیٹر کا معائنہ کیا۔ایک ڈاکٹر نے مایوسی سے سر ہلا کر کہا۔ "اس کی پیٹھ کسی سخت چیز سے ٹکرائی ہے۔اب شاید یہ زندگی بھر کے لئے معذور ہو جائے۔" لیکن پیٹر معذوری کی زندگی گزارنے سے پہلے ہی اسی شام چل بسا۔اس نے اپنے پاس موجود زہریلا کیپسول کھا کر خودکشی کر لی تھی۔اس بین الاقوامی گروہ کے پندرہ ارکان گرفتار کر لئے گئے۔

اس میں میگھاری بھی تھا اور حاجی کمال بیگ بھی۔ دھاریوال کی لاش مل گئی تھی۔ہاکسن کی لاش بڑی جدوجہد کے بعد فوجیوں نے نکالی۔

حاجی کمال بیگ نے عدالت میں وعدہ معاف گواہ بن کر اعتراف کر لیا کہ یہ

گروہ ملک میں دھماکے کرواتا ہے اور نوجوانوں کو منشیات کا عادی بنانے میں مصروف ہے اور یہ سب کچھ ایک بڑی طاقت کے اشارے پر ہوتا ہے۔ پھر حاجی کمال بیگ نے عدالت میں افسردگی کے ساتھ کہا تھا۔ "یہ محض ایک گروہ نہیں بلکہ بہت بڑا بین الاقوامی جال ہے اوراس کے تحت دو درجن سے زائد گروہ اب بھی باہر ملک میں سرگرم عمل ہیں۔"

حاجی کمال بیگ کو عمر قید کی سزادی گئی۔ گروہ کے بقیہ ارکان کو سزائے موت سنائی گئی۔

انکل رحمن کے سادہ سے ڈرائنگ روم میں چاولوں کی پلیٹ سے آخری لقمہ لیتے ہوئی منصور نے کہا۔ "انکل!ہم اس زندگی کے آخری لمحے تک ان وطن دشمنوں کے خلاف جہاد جاری رکھیں گے۔"

"ان شاء اللہ "صفدر، ذیشان اور انکل رحمن نے ایک ساتھ کہا۔

ان چاروں کی آنکھوں میں آنسو جھلملا رہے تھے۔

* * *

۹

ملائیشیا میں سیر سپاٹے

سیما صدیقی

برساتی نالہ اور اس میں تیرتے ہوئے سفید کنول کے پھول، چکنے چکنے ہرے چوڑے پتوں والی آبی بیلیں جنہوں نے نالے کو مکمل طور پر ڈھانپ رکھا تھا۔ گویا ماحول کی کثافت کو دور کر دیا تھا۔ یہ کون سی جگہ ہے۔۔۔ اتنی اچھی اور صاف ستھری۔۔۔ ہر جگہ ہریالی اور شادابی۔۔۔ فضا میں ہمہ وقت بارش میں بھیگی مٹی کی سوندھی مہک، یہ ہم کہاں آگئے!

جی ہاں! ساتھیو! یہ ملائیشیا کا دارالحکومت "کوالالمپور" ہے جس کی سڑکوں اور ذرائع آمدورفت کا نظام دیکھیں تو یورپ کی طرح جدید ہے اور ثقافت دیکھیں تو اس میں مشرق کی چاشنی ہے۔ کسی نے ہم سے کہا تھا کہ اگر کوالالمپور کے دلکش مناظر کا حقیقی نظارہ کرنا ہو تو "جینٹنگ ہائی لینڈ" (Genting High Lands)ضرور جائیں، وہ بھی "اسکائی وے کار سروس" (لفٹ چیئر) کے ذریعے۔۔۔ ایسے حسین لینڈ اسکیپ شاید ہی کسی اور جگہ دیکھنے کو ملیں۔ ڈھلتی ہوئی شام ہو یا صبح صادق، اگر آپ یہ سفر کریں تو مشکل ہی ہے کہ کبھی اسے بھول پائیں۔ ہم نے اس بات کو گرہ

میں باندھ لیا اور دس دن کے قیام کے دوران ہم ایک نہیں دو بار "جنیٹنگ ہائی لینڈ" گئے۔ پہلی بار جب کیبل کار میں بیٹھے تو اچانک ہلکی ہلکی پھوار پڑنے لگی۔ صبح کے سہانے وقت پر رم جھم بہت بھلی لگ رہی تھی۔ بارش کے قطرے گویا ہیروں کے ٹکڑوں کی طرح ہماری لفٹ چیئر کے شیشوں کی دیواروں سے ٹکرا رہے تھے۔ ہم نے نیچے جھانک کر دیکھا، ہری بھری وادی، سبزے سے بھری گہری گہری کھائیوں میں یہ قطرے موتی کی طرح بکھر رہے تھے۔ کیا حسن تھا۔ خدا کی قدرت پہ یقین آگیا۔ آسمان دیکھ نہیں سکتے تھے۔ سامنے دیکھتے تو چار تنے ہوئے مضبوط تار نظر آتے جس پر یہ دو طرفہ کیبل کار چل رہی تھی۔ کبھی برابر سے کوئی کار گزرتی تو اس میں بیٹھے ہوئے لوگ ہمیں اور ہم انہیں ہاتھ ہلاتے۔ سیاحوں میں خود بخود ایک دوستی کا رشتہ جڑ جاتا ہے۔ نیچے دیکھتے تو ڈر لگتا اور دیکھے بغیر رہا بھی نہ جاتا۔ ساتھیو! اس وقت ہم اٹھارہ سو ساٹھ میٹر بلند پہاڑ کی چوٹی پر محو پرواز تھے۔ کوئی مذاق نہ تھا۔ اسی لیے نیچے دیکھتے تو ڈرتے۔۔۔ اگر گرے تو! ہم نے چند لمحوں کے لیے آنکھیں بند کرلیں۔ سوچا تو یقین نہ آیا کہ ہم ایشیا کی طویل ترین اور دنیا کی سب سے تیز رفتار مونو کیبل کار میں بیٹھے ہیں جس کی رفتار ۲۱ء۶ کلو میٹر فی گھنٹہ ہے۔ (ہم جیسے سست مزاج اور یہ رفتار، ذرا خود سوچیے!)

اچانک ایک پر شور آواز پہاڑوں میں گونج اٹھی۔ ہمیں ایک جھٹکا سا بھی محسوس ہوا۔ آنکھ کھولی تو دیکھا زمین میں نصب بڑے بڑے کھمبوں پر سے یہ کار گزر رہی ہے اور یہ اسی کی رگڑ کی آواز ہے۔ انہی کھمبوں کی مدد سے فضا میں یہ کیبل تانے گئے ہیں۔ ۳ء۳۸ کلو میٹر کے اس سفر میں زیادہ تر کھائیاں تھیں مگر خدا کی

قدرت ان میں بھی حسین پھول کھلے تھے اور سبزہ بچھا تھا۔ دراصل ملائیشیا میں بارشیں بہت ہوتی ہیں لہٰذا یہاں کی زمین بہت زرخیز ہے۔ کہیں جنگلات دکھائی دیتے تو کہیں وادی۔ وہاں لوگ چلتے پھرتے نظر آتے۔ پتھروں اور گھاس پھونس سے بنے ان کے چھوٹے چھوٹے گھر بچوں کے کھلونوں جیسے لگتے۔ معلوم نہیں وہ اوپر دیکھ رہے تھے یا نہیں؟ شاید جیسے ہم جہاز کو اپنے سروں سے گزرتے دیکھتے ہیں ویسے ہی وہ پہاڑوں کے درمیان بلندی سے گزرتی اس "اڑن طشتری" جیسی سواری کو دیکھتے ہوں گے اور ان کے مسافروں کے بارے میں ایسے ہی سوچتے ہوں گے جیسے ہم ان کے بارے میں۔۔۔ جس تک پہنچ نہ ہو وہی چیز اسرار سے بھرپور لگتی ہے۔ اسکائی کار کا یہ یادگار سفر طے کر کے ہم بالآخر پہنچ گئے ملائیشیا کے سب بڑے تفریحی مرکز۔۔۔جی ہاں!"جینٹنگ ہائی لینڈ"لوگوں نے اسے کیا خوب نام دیا ہے۔

"Fun city Above the cloud"(بادلوں سے اونچا تفریحی شہر)

تفریح گاہ کیا ہے؟ چودہ ہزار آٹھ سو (۱۴۸۰۰) ایکڑ پر محیط ایک شہر بسا ہے۔ کہتے ہیں Lim Goh Tongs نامی ایک شخص اپنی بالکونی میں کھڑا چائے پی رہا تھا کہ سامنے موجود بلند ترین پہاڑ کو دیکھ کر اس کے ذہن میں ایک خیال آیا اور آئیڈیے کی بدولت ایک بنجر پہاڑی سلسلہ ایک خوب صورت تفریح گاہ میں تبدیل ہو گیا۔ یہ خالصتاً سیاحوں کے لیے تخلیق کیا گیا لہٰذا یہاں ملائیشیا کا واحد "جوا خانہ" بھی بنایا گیا۔ ۶۱۸۸ کمروں کا دنیا کا سب سے بڑا ہوٹل۔ اپارٹمنٹس، کلب، ریستوران، شاپنگ سینٹر، سینما گھر (Cinaplex)، تھیم پارک (آؤٹ ڈور اور ان ڈور گیمز) دنیا کے مشہور برانڈز کی کمپنیاں، کنوینشن سینٹر، کنسرٹ ہال، ایرینا آف اسٹارز

اسنو ورلڈ، الیکٹرک کے غضب ناک جھولے، الغرض کیا نہیں تھا وہاں! اور درجہ حرارت تقریباً پورا سال بیس (۲۰) سے پچیس (۲۵) سینٹی گریڈ۔ ملائیشیا میں قیام کے دوران (ہم نومبر میں گئے تھے) صرف وہی جگہ تھی جہاں ہمیں سوئیٹر پہننا پڑا۔

ہم مختلف سیڑھیاں چڑھتے اترتے رہے۔ کسی منزل پر ملائیشیا کے فنکاروں کا ثقافتی شو ہو رہا تھا تو کہیں "اسنو ورلڈ" (برف کی دنیا) سے لوگ ٹھٹھرتے ہوئے نکل رہے تھے۔ اسنو ورلڈ کی دیوار شیشے کی تھی، جہاں سے لوگ اندر جانے والے اپنے پیاروں کی لال چقندر ہوتی ناک بخوبی دیکھ سکتے تھے۔ بچے برف کے گولے اٹھا کر ایک دوسرے پر پھینک رہے تھے۔ ہم نے بھی وہاں جانے کی ٹھانی۔ معلوم ہوا کہ آپ کو مخصوص دستانے جوتے اور جیکٹ عارضی طور پر لینے ہوں گے۔ اپنی چیزیں رکھنے کے لیے لاکرز دیئے گئے۔ آہاہ! اندر گھستے ہی منہ سے ایک دھواں سا اٹھا۔ دیوار تھی یا چھت، دکان تھی یا ستون، ہر چیز برف سے بنی تھی۔ پاؤں برف کے ڈھیر میں دھنس رہے تھے یہ ایسا ہی تجربہ تھا جیسے آپ جا کر اپنے ڈیپ فریزر میں لیٹ جائیں۔ ایک سلائڈ تھی جس پر لائف بوٹ (ٹائر) میں بیٹھ کر پھسلا جاتا تھا، بیٹھے تو لگا کہ یہ خطرناک ہو گا۔ (ہم برف کی دنیا میں کسی مزار کا اضافہ نہیں کرنا چاہتے تھے۔ لہٰذا پیچھے مڑ کر اہلکار سے کچھ کہنا چاہا مگر اسی لمحے اس نے ہمیں دھکا دے دیا۔۔۔ اب ہم ٹائر سمیت اونچے نیچے برفیلے چکر دار رستوں سے پھسلتے چلے جا رہے تھے۔ ایسی سنسنی (اشتیاق احمد کے ناولوں کے سوا) ہم نے شاید ہی کبھی محسوس کی ہو۔ آخر ہمارا سفر تمام ہوا جو سفر آخر بھی ہو سکتا تھا۔ ہمارے جوتے ناپ سے نسبتاً بڑے تھے اور اب اس میں برف کا ایک ٹکڑا جگہ بنا چکا تھا۔ سردی سے برا

حال تھا۔ ہم نے ناک کو چھو کر دیکھا کہ اپنی جگہ موجود ہے یا نہیں؟ سن ہونے کی وجہ سے بالکل غائب لگ رہی تھی اور ساتھیو! اس برفیلے ماحول میں ہماری خاطر کے لیے جو چیز پیش کی گئی۔۔۔ بھلا بتائیں تو وہ کیا تھی؟ جی ہاں! وہ تھی ایک عدد ٹھنڈی مزے دار آئس کریم!

آؤٹ ڈور اور اِن ڈور تھیم پارک کے کھیل مزے دار مگر جھولے خطرناک تھے، جھولے کیا تھے ایسا لگتا تھا کسی راکٹ یا میزائل میں بٹھا کر اڑا دیا گیا ہو۔ کمزور دل والوں کے لیے یہ نہیں، ہاں جسے ایڈونچر کا شوق ہو وہ ضرور انجوائے کرے گا۔ ٹکٹ اچھے خاصے مہنگے ہیں اس لیے دل کے علاوہ جیب کا تگڑا ہونا بھی ضروری ہے۔ یہاں کی کرنسی "رنگٹ" (Ringett) ہے۔ اس وقت ایک رنگٹ ہمارے چوبیس روپے کے برابر تھا۔ جب بھی کچھ خریدتے دل ہی دل میں پاکستانی روپے میں قیمت جوڑ لیتے۔ ہر چند کہ اس کا کوئی فائدہ نہ تھا۔

جینٹنگ ہائی لینڈ کی کئی منزلیں ہیں، مختلف ہال اور راہ داریاں ہیں۔۔۔ چنانچہ گھومتے گھماتے۔۔۔ بلا ارادہ جوئے خانے جا نکلے۔۔۔ جہاں مشینوں کی مدد اور تاش کے پتوں کے ذریعہ شعبدہ بازی اور جوا ہو رہا تھا۔ ہم نے گھبرا کر نکلنا چاہا تو حیرت ہوئی کہ ہمیں راستہ ہی نہیں مل رہا تھا۔ کئی دروازے تھے مگر جہاں سے نکلتے گھوم گھام کے واپس اندر آجاتے۔ بڑی مشکل سے باہر نکلے۔ بالکل اسی طرح جیسے برائی میں پڑنا آسان ہے نکلنا مشکل!

ہاں تو ساتھیو! یہ تھا "جینٹنگ ہائی لینڈ" اب اگر آپ کے گھر میں ٹیرس (بالکونی) ہے اور اس کے سامنے کوئی پہاڑ، تو اس طرح کا کوئی آئیڈیا آپ کو بھی

ارب پتی بنا سکتا ہے، محض چائے کی پیالی ساتھ ہونا ضروری ہے۔ ملائیشیا کا ایک اہم سیاحتی مرکز "باتوکیو" Batucaves ہے۔ یہ کوالالمپور کے شمال میں تیرہ کلومیٹر دور ہے۔ اس غار کے قریب دریائے "باتو" بہتا ہے۔ اس لیے اس کا نام باتو ہے۔ چار سو ملین سال پرانے اس غار کے باہر دنیا کے سب سے بلند "مورگن دیوتا" کا مجسمہ ہے جو کنکریٹ اور گولڈ پینٹ سے بنایا گیا ہے۔ غار سو میٹر کی بلندی پر ہے جہاں تک پہنچنے کے لیے ۲۷۲ سیڑھیاں ہیں۔ (کچھ سیاح ہائیکنگ کر کے بھی جاتے ہیں)۔ ایک طرف چڑھنے والوں کے لیے سیڑھیاں ہیں، برابر میں اترنے والوں کے لیے، چڑھنے والے پھولتی سانسوں کے ساتھ، اترنے والوں سے پوچھتے کہ آگے کتنی سیڑھیاں رہ گئی ہیں۔ اترنے والوں کے چہرے پر، پہاڑ سر کرنے والی سرشاری نظر آتی، جانے والوں کی ہمت بڑھاتے ہوئے کہتے، "بس تھوڑی سی اور ہیں" جب ہم تقریباً ڈیڑھ سو سیڑھیاں چڑھ گئے تو سوچنے لگے کہ پلٹ کر واپس ہونا زیادہ آسان ہے یا آگے جانا؟ ہماری طرح بہت سے لوگ ایسی سوچ میں تھے، یوں بھی یہاں بہت سنبھل کر چلنا پڑتا ہے کیونکہ سیڑھیوں پر جگہ جگہ "بندر" کود رہے ہوتے ہیں۔ کبھی کسی بچے کے ہاتھ سے پاپ کارن کی تھیلی اُچک لی تو کبھی کسی خاتون کا پرس! منزل تک پہنچتے پہنچتے۔۔۔ ایک خیال آیا۔ جی ہاں، ایک خوفناک خیال! کہ اگر ہمارے گھٹنے کی کوئی ہڈی چیخ گئی تو واپس نیچے کیسے اتریں گے؟ کیا ساری عمر اسی غار میں بندروں کے ساتھ رہیں گے؟ ہمارے ساتھی نے ہمت دلائی، "دیکھو! چھوٹے چھوٹے بچے اور بزرگ بھی ہمت نہیں ہار رہے، چلے تو کٹ ہی جائے گا سفر آہستہ آہستہ!

ان سیڑھیوں کو دیکھ کر یقین نہیں آتا کہ کوئی ان پر چڑھ سکتا ہے۔ دور سے لوگ چیونٹیوں کی طرح اترتے چڑھتے دکھائی دیتے ہیں۔ بہر حال کسی نہ کسی طرح ہم اوپر پہنچ ہی گئے۔ غار کی چھت پر کوئی ایسا شگاف ہے کہ ایک حصے میں مسلسل پانی ٹپکتا رہتا ہے جو اس کی بلندی پر موجود کسی ٹھنڈے چشمے کی گزرگاہ کا پتہ دیتا ہے مگر یہاں کچھ لوگوں کا عقیدہ ہے کہ یہ غار مسلسل رو رہا ہے۔

غار میں نیم اندھیرا تھا مگر کہیں کہیں سرخ روشنیاں اسے مزید پر اسرار بنا رہی تھیں۔ اسرار سے بھرپور گونج۔۔۔ اپنی ہی آواز اجنبی لگی۔ وہاں ایک اژدھے والے نے کہا کہ آپ اس اژدھے کو گلے میں لپیٹ کر تصویر کھنچوا سکتے ہیں۔ (لوگ کھنچوا بھی رہے تھے) اژدھے کے مالک کا یہ دعویٰ تھا کہ یہ کسی کو کچھ نہیں کہے گا۔ ہم نے آزمانے کی کوشش نہیں کی کیونکہ یہ دعویٰ اژدھے والے کا تھا، اژدھے کا نہیں! آگے بڑھے تو ہندوؤں کا مندر نظر آیا۔ وہاں کچھ جوڑوں کی شادی کی رسم ادا کی جا رہی تھی۔ بھجن کی آواز، موسیقی کی تھاپ (غار میں اس کی ایکو) پیلے پیلے گیندوں (پھولوں) کی مخصوص مہک سے ایک عجیب سماں بندھا تھا۔ ہندو سیاح وہاں عبادت کے لیے رک گئے۔ ہم مزید سیڑھیاں چڑھ کر اوپر چلے گئے جہاں میوزیم وغیرہ تھا۔ یہ خیال ہی بڑا عجیب تھا کہ ہم ایک پہاڑ کے اندر ہیں۔ ماحول، موسم، آوازیں ہر چیز بالکل غیر مانوس تھی۔ پہاڑ کے شگافوں سے شوں شوں اور سائیں سائیں کی ایسی آوازیں آ رہی تھیں جیسے بدروحوں اور بھوتوں کے درمیان کوئی "ٹاک شو" چل رہا ہو۔

ساتھیو! یہ تو آپ کو بتانا ہی بھول گئے کہ جب ہم "باتو کیو" جا رہے تھے تو غلط

بس میں بیٹھ گئے، یعنی جانے کے بجائے باتو سے واپس آنے والی بس میں۔ سیاحت یا سیر سپاٹے میں مزا اسی وقت آتا ہے جب آپ تھوڑا سا بھٹکیں۔ ہر ریلوے اسٹیشن پر کوالالمپور کے نقشے دستیاب تھے۔ ٹکٹ دینے والے تعاون کے جذبے سے بھرپور، راہ گیر راستہ سمجھانے والے۔ بلکہ ایک بار تو ہم نے کالج سے نکلنے والی طالبات سے اسٹیڈیم کا راستہ پوچھا تو پہلے تو انھوں نے زبانی سمجھایا جب ہم چل پڑے تو دیکھا کہ پیچھے پیچھے آ رہی ہیں۔ ہم سمجھے کہ ان کا راستہ بھی وہی ہو گا۔ مگر دیکھا کہ اسٹیڈیم تک (جو نزدیک ہی تھا) ہماری راہ نمائی کر کے وہ واپس مڑ گئیں۔ ہم ان کے اخلاق سے بہت متاثر ہوئے۔ ہمارے ہاں تو کسی کو راستہ پتہ ہو تو وہ بس ایک مبہم سا اشارہ کر دیتا ہے۔ ہاں اگر نہ پتہ ہو تو تفصیل سے بتاتا ہے تا کہ مسافر خوب بھٹکے۔

خیر ہم یہ کہہ رہے تھے کہ سیر سپاٹے کا اصل مزا بھٹکنے اور تلاش کرنے میں ہے۔ ملائیشیا اتنا خوب صورت ہے کہ جب بھی بھٹکے تو کسی اچھی جگہ ہی پہنچے۔ اگر سیر کرنے والا سیدھا سادہ جہاں جانا ہو جاتا رہے تو یہ سیر تو نہ ہوئی ڈیوٹی ہو گئی۔ ہر ملک میں محکمہ سیاحت کی طرف سے سیاحوں کو گھمانے کا انتظام ہوتا ہے۔ ان کی خدمات حاصل کریں تو سہولت تو ہو جاتی ہے مگر مزا آدھا رہ جاتا ہے۔

ہاں تو ہم کہہ رہے تھے کہ ہم بھٹک گئے۔ جیسے ہی اندازہ ہوا کہ غلط جا رہے ہیں بس سے اتر گئے۔ سامنے ڈھابے کی طرح کا ہوٹل تھا، وہاں ناریل نظر آئے، جس کا ٹھنڈا یخ پانی، ناریل میں اسٹر اڈال کر پیش کیا جا رہا تھا۔ ہمیں بھٹکنے کے بعد سنبھلنا تھا، چنانچہ کہیں بیٹھ کر سوچنا چاہتے تھے کہ اب کیا کریں؟ سب میزیں بھری ہوئی تھیں ایک میز پر ایک صاحب تھے اور باقی کرسیاں خالی تھیں۔ ہمارے ساتھی

نے ان سے اجازت لی اور ہم وہاں بیٹھ گئے۔ چہرے سے ذرا کرخت اور سخت گیر معلوم ہوتے تھے مگر جب بولے تو اس تاثر کی نفی ہوگئی۔ کہنے لگے۔

"مادام! اپنا پرس قریب کرلیں، ویسے تو کوالالمپور ایک محفوظ شہر ہے مگر اس طرح کی بے احتیاطی اچھی نہیں!"

ہم نے اپنا پرس کھینچ کر نزدیک کرلیا۔ اس طرح بات چیت شروع ہوگئی زیادہ تر وہی بولتے رہے، ہم لوگ سنتے رہے۔ کہنے لگے: "پولیس میں ہوں، والدہ حج پہ گئی ہیں، میری بھی خواہش ہے کہ حج کروں، پاکستان بھی جانا چاہتا ہوں۔" (خیر سگالی کے طور پر پاکستان کے بارے میں چند تعریفی کلمات بھی ادا کیے، باتوکیو کا پتہ بھی سمجھایا)

جب ہم نے بیرے سے بل لانے کو کہا تو اس نے پولیس والے کی جانب اشارہ کر کے کہا کہ آپ کا بل ادا ہو گیا!" ہم نے حیران ہو کر انہیں دیکھا تو انہوں نے مسکرا کر کہا۔ "آپ لوگ ملائیشیا میں ہمارے مہمان ہیں اس لیے میں نے بل دے دیا۔" ہم حیرت زدہ رہ گئے کیونکہ ہم نے ہمیشہ پولیس والوں کو چائے پانی کے پیسے لیتے دیکھا تھا دیتے نہیں!

ملائیشیا کا سب سے عظیم اور حسین سیاحتی مرکز "پیٹروناز ٹاور" ہے جو دراصل ملائیشیا کی اصل پہچان ہے۔ اس کی روشنیاں دور سے نگاہ کو خیرہ کرتی ہیں۔ کوالالمپور میں کہیں سے بھی گزریں، کسی اسٹیشن پر کھڑے ہوں یا مونوریل سے مختلف راستوں پر محو سفر ہوں یہ ٹاور ہر جگہ سے دکھائی دیتے ہیں۔ کبھی آپ نے دیکھا ہوگا کہ ہم چل رہے ہوتے ہیں تو آسمان پر جگمگاتا ہوا چاند ساتھ ساتھ سفر کرتا محسوس

ہوتا ہے، بالکل ایسی ہی صورت پیٹرو ناز کی ہے۔ یہ چمکتی دمکتی بلند و بالا عمارت، ہر جگہ سیاحوں کے ساتھ ساتھ سفر کرتی دکھائی دیتی ہے۔ اگر کوالالمپور ملائیشیا کا دل ہے تو پیٹرو ناز اس کی دھڑکن ہے۔ اس کے بہت سے چھوٹے بڑے ماڈلز بھی بازاروں میں دستیاب ہیں جو سیاح بڑے شوق سے خریدتے ہیں۔

ہمیں بتایا گیا تھا کہ Petronas Tower کی سیر کرنی ہے تو ٹکٹ کے لیے صبح صبح جا کر لائن میں لگنا ہوگا کیوں کہ ٹکٹ پہلے آیئے اور پہلے پایئے کی بنیاد پر ملتا ہے۔ ایک دن میں صرف ایک ہزار ٹکٹ دیئے جاتے ہیں۔ پیٹرو ناز ہمارے ہوٹل سے زیادہ دور نہ تھا۔ صبح جب ہم اس ہال میں پہنچے جہاں ٹکٹ دیئے جا رہے تھے تو حیران رہ گئے کہ وہاں سر ہی سر نظر آ رہے تھے۔ قطار بندی کا عمدہ انتظام تھا۔ کوئی کسی کو دھکا دے کر یا کہنی مار کر آگے نہیں نکل سکتا تھا۔ صرف ایک آدمی قطار میں لگ سکتا تھا اس کے ساتھ آنے والے ہال کی سیڑھیوں پر بیٹھے اس کو ٹکٹ مل جانے کی دعا کر رہے تھے۔ خیر بھئی ہم بھی ٹکٹ حاصل کرنے میں کامیاب ہو گئے مگر یہ سیر شام کو کرائی جانی تھی۔ ابھی ہمارے پاس کافی وقت تھا لہٰذا ہم پیٹرو ناز کے قدموں میں (نیچے) واقع مشہور۔K.L.C.C (کوالالمپور سٹی سینٹر) چلے گئے۔ یہ ملائیشیا کا سب سے بڑا شاپنگ سینٹر ہے جس میں تین سو تیس ۳۳۰ مقامی اور بین الاقوامی بڑی کمپنیوں کے اسٹورز ہیں۔ اس کے علاوہ آرٹ گیلری تھیٹر اور انڈر وائر ایکوریئم، "ایکوریا" (Acqria) بھی ہے۔ شام کو K.L.C.C کے پارک میں خوب صورت فاؤنٹین شو دکھایا جاتا ہے۔ روشنیوں کے ہمراہ پانی کا رقص دیکھنے سے تعلق رکھتا ہے۔ پہلے ہم ایکوریا گئے مچھلیاں ہمیں پسند ہیں۔ (دیکھنے اور کھانے

دونوں میں) ڈاکٹر کہتے ہیں کہ مچھلیوں کو تیرتے ہوئے دیکھنے سے مریضوں کا بلڈ پریشر نارمل رہتا ہے۔ ہم نے مچھلیوں کو ہمیشہ ایسے دیکھا کہ وہ شیشے کے ایک باکس میں بند ہیں اور ہم باہر سے انہیں دیکھ رہے ہیں لیکن "ایکوریا" میں الٹ ہو گیا۔ یہ انڈر واٹر ایکوریم تھا یعنی ہم شیشے کی ایک ٹیوب (ٹرنل) میں بند تھے اور ہمارے دائیں بائیں اور سر کے پاس مچھلیاں آزاد گھوم رہی تھیں۔ قریب سے آکر ہمیں دیکھ بھی رہی ہیں۔ ہمیں اس طرح شیشے کی ٹیوب میں چلتے پھرتے دیکھ کر مچھلیوں کے بلڈ پریشر پر کیا اثر پڑا؟ اس کا ہمیں اندازہ نہیں۔ بہر حال یہ ایک منفرد تجربہ تھا۔

K.L.C.C جلیبی جیسی گول گول کئی منزلہ عمارت ہے۔ مہنگا شاپنگ سینٹر ہے مگر یہاں تفریح کے اتنے سامان ہیں کہ آپ یہاں کئی گھنٹے گزار سکتے ہیں۔ یہاں سے نکلے تو ابھی بھی ٹوئن کی لفٹ چلنے میں کافی وقت باقی تھا چنانچہ ہم پیٹروناز سے کچھ فاصلے پر واقع K.L ٹاور چلے گئے۔ یہ مینار کی شکل کا مواصلاتی ٹاور ہے جسے دنیا کا پانچواں بلند ترین مواصلاتی ٹاور قرار دیا جاتا ہے۔ تیرہ سو اکاسی ۱۳۸۱ فٹ بلند یہ ٹاور سیاحوں کو تفریح فراہم کرنے میں سر فہرست ہے۔ مین گیٹ سے مینار تک پہنچنے کے لیے بس کی فری سروس موجود ہے۔ اس ٹاور کی چھت پر ایسے ریوالونگ (گھومنے والے) ریستوران ہیں جہاں سے نہ صرف پورا کوالالمپور دیکھا جا سکتا ہے بلکہ یہاں عید اور رمضان المبارک کے چاند بھی دیکھے جاتے ہیں۔ ۵۵ سال سے زائد عمر کے لوگوں کے لیے ٹکٹ پر رعایت دی جاتی ہے۔ یہاں نہ صرف ٹاور کی سیر کرائی جاتی ہے بلکہ اس میں ڈاجنگ کار کے کمپیوٹر گیم وغیرہ بھی کھلائے جاتے ہیں۔ یہاں چھوٹے قد کی (مخصوص نسل کی) ایک خوبصورت گھوڑی ہے (جس کا

نام "پونی" ہے جس پر بٹھا کر سیر بھی کرائی جاتی ہے)۔ مگر شرط یہ ہے کہ بیٹھنے والے کا وزن زیادہ نہ ہو۔ (کیوں کہ وہ اپنی پونی کھونا نہیں چاہتے)۔

لیجئے جناب! پیٹروناز کی سیر کا وقت آگیا ہم نے پیٹروناز کی سیر کے لیے جتنا انتظار کیا شاید ہی کسی اور کے لیے کیا ہو۔ صبح سے شام ہوگئی ہم پیٹروناز کی طرف روانہ ہوئے تو یہ دیکھ کر حیران رہ گئے کہ اس کے آگے پیچھے اور سامنے سڑک اور سبزے پر لوگ لیٹے ہوئے ہیں۔ غور سے دیکھا تو سب کے ہاتھ میں کیمرہ تھا۔ معلوم ہوا کہ شائقین ٹیڑھے ترچھے ہو کر حتیٰ کہ سڑک اور پارک میں لیٹ لیٹ کر پیٹروناز کی تصویر بنا رہے ہیں۔ ہم نے بھی پیٹروناز کے پس منظر میں اپنے ساتھی کی تصویر کھینچنی چاہی مگر کبھی پیٹروناز کا سر کٹتا تو کبھی ہمارے ساتھی کا۔ آخر ہم نے ہار مان لی۔ اس وقت پیٹروناز کی ساری لائٹیں جل چکی تھیں۔ ایک شہر چراغاں تھا جو پورے کوالالمپور کو روشن کر رہا تھا۔ پہلے ہمیں ایک ہال میں بٹھایا گیا جہاں ایک دستاویزی فلم کے ذریعہ پیٹروناز کے متعلق معلومات فراہم کی گئیں۔ یہ ۸۸ منزلہ سحر انگیز عمارت ہے جس کی تعمیر ۱۹۹۲ء میں شروع ہوئی اور ۱۹۹۸ء میں مکمل ہوئی اس پر ۱.۶ بلین امریکی ڈالر لاگت آئی۔ اسے جاپانی اور ساؤتھ کوریا کے انجینئروں نے اسٹیل اور شیشے کی مدد سے بنایا۔ ۲۰۰۴ء تک یہ دنیا کی بلند ترین عمارت قرار دی جاتی تھی۔ بعد میں تائیوان کی عمارت "تپائی ۱۰۱" اور اب دبئی کی عمارت "برج الخلیفہ" اس سے بازی لے گئے مگر آج بھی اگر جڑواں عمارت یا ٹوئن ٹاور کی بات ہو تو پیٹروناز کا کوئی ثانی نہیں۔ ان دونوں ٹاورز کو ملانے کے لیے جو برج (پل) بنایا گیا ہے وہ بھی اپنی طرز کا دنیا کا بلند ترین پل ہے۔ اس کے ایک ٹاور میں ملائیشیا کی

پیٹرولیم کمپنی کے دفاتر ہیں (جس کمپنی کے نام پر اس عمارت کا نام پیٹرونازرکھا گیا) اور دوسرے ٹاور میں دیگر کمرشل کمپنیوں کے دفاتر ہیں۔

معلومات فراہم کرنے کے بعد ہمیں ایک لفٹ کے ذریعہ ٹاور کی اکتالیسیویں اور بیالیسیویں منزل پر بنے برج (پل) تک لے جایا گیا جو دونوں ٹاورز کو جوڑتا ہے۔ ہم اوپر پہنچے تو گویا چاند پر پہنچ گئے۔ ہمارے قدم زمین پر نہیں پڑ رہے تھے۔ برج کے دونوں اطراف شیشے کی بڑی بڑی کھڑکیاں تھیں۔ ہم اتنی بلندی سے باہر دیکھ رہے تھے جیسے واقعی چاند سے دنیا کو دیکھ رہے ہوں گویا پورا شہر پیٹروناز کی بانہوں میں سمٹ آیا ہو۔ یہ ایک ناقابل فراموش تجربہ تھا۔

ہمارا ہوٹل Swiss Inn شہر میں ایسی جگہ تھا کہ ہمیں کوالالمپور کے مشہور مقامات پر آنے جانے میں کوئی دشواری نہ ہوئی۔ یہ ہوٹل یہاں کے معروف علاقے "چائنا ٹاؤن" کے قرب میں واقع تھا۔ چائنا ٹاؤن ایسا ہی بازار تھا جیسے ہمارے "بدھ بازار" تنگ تنگ گلیوں میں باقاعدہ دکانیں نہیں بلکہ اسٹالز لگے تھے۔ رات سمیٹتے اور سامان بوریوں میں بھر کر گھر چلے جاتے۔ صبح پھر کاروبار شروع۔ یہ ایک سستا بازار ہے لہٰذا سیاح یہاں اکثر خریداری کرتے پائے جاتے ہیں۔ کیونکہ ہمارے ہوٹل آنے جانے میں شارٹ کٹ راستہ اس بازار سے ہو کر گزرتا تھا لہٰذا ہم دن میں کئی بار یہاں سے گزرتے۔ یہاں سے ہم نے پیٹروناز ٹاورز کے ماڈلز اور اس کی تصویر والی شرٹس بھی خریدیں۔

ہمارا ملائیشیا کا پروگرام کچھ ایسا بنا تھا کہ "بقرعید" ہمیں وہیں گزارنی تھیں ایک دوسرے مسلم ملک میں عید منانا ایک بہت مختلف تجربہ تھا۔ ہم نے ہوٹل کے منیجر

سے اس سلسلے میں معلومات حاصل کیں۔ ہوٹل کے قریب دو مساجد تھیں ایک مسجد جامک (Jamek) اور دوسری مسجد نکارا۔ مسجد نکارا کو قومی مسجد کا درجہ حاصل ہے۔ معلوم ہوا کہ یہاں خواتین بھی مساجد میں باجماعت نماز ادا کرتی ہیں۔ عید کی صبح ہم الارم لگا کر اٹھے، نہایا دھویا پھر اچانک خیال آیا کہ عید کی مناسبت سے کوئی کپڑے تو لائے ہی نہیں۔۔۔ خیر اب کیا ہو سکتا تھا باہر نکلے تو دیکھا کہ چہل پہل تو ہے مگر عید کی وہ رنگا رنگی نہیں جو پاکستان میں نظر آتی ہے۔ مسجد کے احاطے میں تسبیح، ٹوپی اور دینی کتب کے اسٹالز لگے تھے۔ معلوم ہوا کہ سربراہانِ مملکت تشریف لانے والے ہیں۔ ان کے لیے اگلی صفیں چھوڑ دی گئی تھیں۔ عید کا خطبہ شروع ہو گیا۔ ہم خواتین کے لیے مخصوص پچھلی صفوں میں بیٹھ گئے۔ خواتین نے نئے کپڑے ضرور پہنے تھے مگر وہ عید کے ملبوسات کی طرح بھڑکیلے نہ تھے۔ وہ سفید لبادہ اور اسکارف ساتھ لائی تھیں۔ جب نماز کا آغاز ہوا تو سب نے اسے پہن لیا۔ خدشہ ہوا کہ کہیں ہمیں یہ مخصوص لباس نہ ہونے کے باعث کوئی ٹوک نہ دے۔ مگر ایسا نہ ہوا۔ نماز کے اختتام پر مقامی خواتین بڑی گرم جوشی کے ساتھ ہم سے گلے ملیں۔ زبان سے ناواقفیت کے باوجود ہم نے وہاں اچھا وقت گزارا۔ ان کی مسکراہٹ بتا رہی تھی کہ وہ لوگ بہت بااخلاق اور ملنسار ہیں اور سیاحوں کا خوش دلی سے خیر مقدم کرتے ہیں۔ ہم نے ان کے ساتھ تصویریں بھی کھنچوائیں۔ مسجد کے احاطے میں قربانی کا سلسلہ شروع ہو چکا تھا۔ یہاں گھروں میں قربانی کا رواج بہت کم ہے۔ لوگ مساجد میں جانور قربان کرتے ہیں جہاں قصابوں کا انتظام بھی تھا اور گندگی کو ٹھکانے لگانے کا بھی۔ جب ہم واپس پہنچے تو ہوٹل منیجر نے پرجوش انداز میں

ہمارے ساتھی سے کہا: "سر! ہم نے آپ کو ٹی وی پر دیکھا۔۔۔ نماز ادا کرتے ہوئے!" ہم بہت حیران ہوئے اور خوش بھی کہ دیکھو پاکستانیوں کی کتنی عزت ہے۔ یہ تو بعد میں معلوم ہوا کہ سربراہِ مملکت کی کوریج کے دوران ہماری بھی کوریج تھی۔۔۔ بہرحال ملائیشیا میں منائی جانے والی یہ عید ہمیشہ کے لیے یادگار ہوگئی۔

کوالالمپور میں اپنے قیام کے پہلے دن جب ہم اپنے ہوٹل سے نکل کر ریلوے اسٹیشن کی سیڑھیاں اترے اور چڑھے تو ہمیں دور سے بہت سارے کنول کے پھول اور ہرے ہرے چوڑے چکنے پتوں والی آبی بیلیں دکھائی دیں۔ پہلے تو ہم یہی سمجھے کہ یہ کسی پارک کا حوض ہے، مگر قریب سے دیکھا تو معلوم ہوا کہ یہ ایک برساتی نالہ ہے۔ گویا نالوں میں بھی پھول کھلا کر ساری کثافت دور کر دی گئی تھی۔ ایک ہم ہیں کہ اپنے برساتی نالوں میں سارا سال کچرا اور کارخانوں کا فضلہ (گاربج) ڈالتے رہتے ہیں۔ چنانچہ جب بارش ہوتی ہے تو نالے بھر جانے کے باعث سیلاب آجاتے ہیں۔ واپسی پر جب ہم کراچی ایئرپورٹ پر اترے تو سوچ رہے تھے کہ کاش! ہم اپنے شہر کے نالوں میں بھی کنول کھلتے دیکھ سکیں!

***

منتخب دلچسپ کہانیوں کا ایک اور مجموعہ

خوابوں کی دنیا

مرتبہ : سید حیدرآبادی

بین الاقوامی ایڈیشن جلد منظر عام پر آرہا ہے